散文、小說、文案、社群貼文
輕鬆進階的40道練習題

寫作革命

小說教學網「故事革命」
創辦人——李洛克 著

目錄

第二章

理性派文字九力：寫作是精密的科學

第三章

感性派文字九力：寫作是情感的滲透

第四章

玩轉文字十三技法：寫作是凡人的奇蹟

前言

我已經為你安排好了

我是個文字雜工，我總這樣自嘲。

應該是小六吧，我就跟我爸說，我想當作家。高中被金庸、倪匡洗禮後，大學稍稍修正了方向，我想當小說家。

但現實的肚子總要填飽，畢業之後，我進了一家冷凍工廠工作，一做就做到了28歲。

那段時間我總覺得，我的人生與夢想也隨之被冷凍了。

我心裡想，我不是一直想當小說家嗎？爲什麼還不去呢？

寫作的念頭像是某種沙漠植物，地表上一小叢，但地表之下卻深根蔓延、幅員廣佈，勒緊了我的靈魂。

於是我決定辭職，全職寫作。

雖然追夢過程其實是一場災難悲劇電影，但我就是那個總能千鈞一髮、死裡逃生的幸運主角。

一路走來不但沒有餓死，反而有種幸福的錯覺，哪怕永遠有不斷出現的交稿死線，卻也表示寫作之路仍在穩定展延。

回頭看看我做過的文字工作，有時也嚇一大跳，會浮現「原來連這我也做過！」的感嘆。

我寫小說、寫部落格、寫書評／影評／社評、寫媒體專欄、當出版編輯、當社群編輯、當文案寫手、當影子寫手（無法掛名的作者）、當內容行銷顧問、當廣告／電影編劇、當比賽評審、當寫作講師，最後還拍起了線上影片。

「我要靠寫字維生」的念頭，讓我無論什麼領域都願意挑戰，一路混搭也讓我的寫作寬度不停擴展，吸收各領域的長處。

所以當出版社找上我寫一本書，我就說：「來一本純談文字的書吧！」

我希望它是一本廣而實用的文字技術書。因爲專注文字力，所以只要是需要書寫的人，無論是學生、教師、企畫、文案、社群小編、故事創作者、文字工作者、創意工作者等，都能從這本書得到幫助。

本書分成四章：

【第一章】生活內建的讀寫九力：寫作是人生的標配

我會從生活中、思維上可以做的寫作練習談起，像靈感、聯想、摹寫、洞察、閱讀、感受、思辨。

我相信每個人都能寫作，每個人只要有思想就已經在寫作，只差沒有化作文句罷了。第一章從「讀寫想」的訓練開始，我們先打好「想法文字化」的基石。

【第二章】理性派文字九力：寫作是精密的科學

寫作需要理性，這裡會談編排的部分，像布局、結構、懸念、反轉，也有屬於硬技術的部分，像視角、人稱、演與說、詞類運用。

理性文字力就是像是好文章的鋼架，幫你串連了讀寫想的訓練基石，往精雕打磨情感邁進。

【第三章】感性派文字九力：寫作是情感的滲透

在感性文字力的部分，我們會不停重複著：替換與感受。從流暢感、詞感、字感、素材感、親疏感、速度感、畫面感等。藉由不斷的停格，讓你去思考筆下作品的感受。

好作品是磨出來的。尤其想讓文字的情感透入人心，便要往更深更深的地方探索，捕捉那閃爍的微光。

【第四章】玩轉文字十三技法：寫作是凡人的奇蹟

最後的章節，我要幫你的文字錦上添花，文字可以玩，也超好玩。有時一句標題、一段金句爆紅，你就從「有個社群帳號」搖身一變成爲「網路大神」。在此，我們會談象徵、場景、顏色、轉化，還有怎麼寫得氣勢、寫得興奮、寫得好奇。當然還有些小趣味大效果的：借名人、改名句、玩反諷。

最後一篇，還會指引你的寫作遠方：風格。

除了內容編排，本書最大的特點，就在於每篇小節最後，都有一個小題目，讓你練習本篇講解的技巧。

你可能會想，這有什麼了不起，好多書都有練習題啊！

這我當然知道，但請你想一想，以前你完成書的練習題後，作者可以給你回饋嗎？

不能吧！除非你上網尋找他的聯絡方式或社群帳號，不然你只能自己默默寫完後，默默地收起書本。

但，我不想要就這樣結束這場閱讀。

因此本書幾乎每一篇練習題，都有一個QR碼與網址，在線上準備好了一個獨立的留言區，你可以在上面留下你的練習，我會親自給你回覆。

無論你是在幾年之後看到了這本書，幾年之後才開始練習，隨時留言都不要緊。

我會一直等你的。

請你相信自己是能寫的，我願意陪你一起寫作，眞的。

最後，爲什麼開場我要列出我做過的事呢？

當我寫完書後，我不由得感謝我的過往，是現實的難捱把我敲打成一個雜工，而雜工一直沒有灰心、一直懷抱希望，一路撿起些奇形怪狀的石頭，終於在被時光研磨後，意外發現自己收獲了好多寶石。

現在才有機會將寶石與你分享。

人生就是這樣，千萬不要輕視你的過去與現在，直到眞相揭曉之前，你永遠不知道什麼會成爲你人生的伏筆。

而你越努力對待一件事，它就有越大的機會變成你的伏筆。

現在我終於能說：

我是個文字雜工，我爲此感到驕傲。

再來，輪到你了我的朋友，翻開這本書，我已經爲你安排好了四十個伏筆，等待著逆轉你的人生。

該你登場了！

第一章

生活內建的讀寫九力：寫作是人生的標配

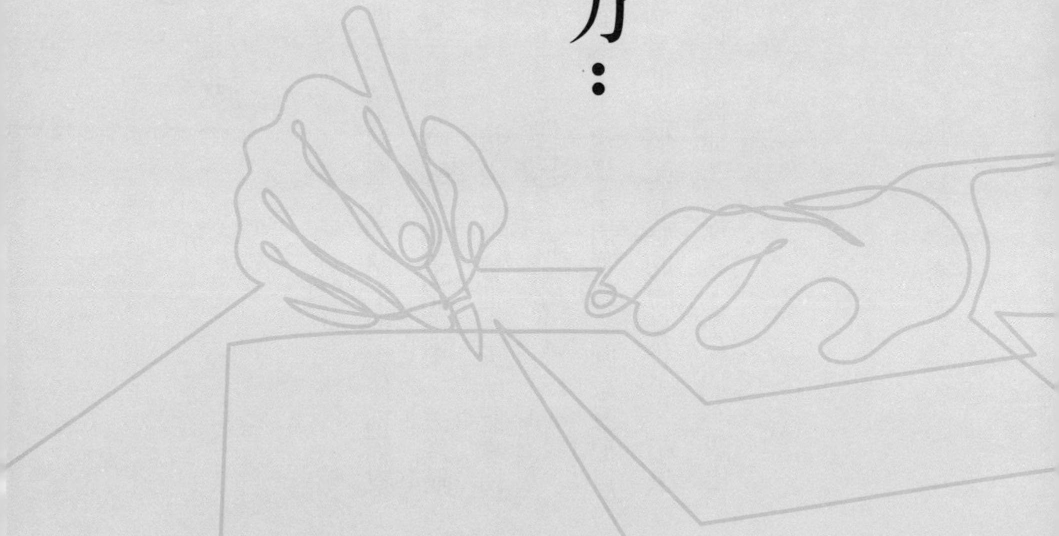

凡感力：不需要神靈感，只需要勤記平凡感

曾經有個大作家，每早天剛亮就趕著出門，四處遊歷，一路上他會仔細觀察景物，一邊思考可以怎樣創作。一旦有點感覺，他就會立刻拿筆記下來，丟進隨身的袋子裡，就這樣寫著記著，一直到晚上才回家。接著，他會把白天所記拿出來整理，用今天記下的素材來寫作，直到夜深，這是他日復一日的苦工。

其實，他的身子一直體弱多病，他媽媽看他每天這樣早出晚歸，回家又把自己關在門內寫作，非常捨不得，於是忍不住偷看他那個記靈感的隨身袋子，結果發現裡面寫的詩句多到嚇人，媽媽忍不住心疼地責怪他：「你啊，是想把心嘔出來才肯罷休啊！」

故事說到這，你可能已經知道他是誰了。

他就是與李白、李商隱齊名，並稱「詩中三李」的「詩鬼」李賀。

他的故事，也是〈寫作力〉首篇要跟大家分享的重要寫作觀——「勤」。**請勤勞地記下你的感想，勤勞地寫下你的初稿**。

好靈感是從平凡點子堆積而來

先不用在意自己有沒有天分，記下的靈感夠不夠絕妙。

很多人都會羨慕別人的好點子，覺得自己是因爲缺乏好靈感，才會寫不出好作品，所以一直在等待上天如同打雷一樣，把靈感灌給你的瞬間。

但你知道嗎？好靈感其實是勤記出來的，**你必須先擁有海量的平凡點子，才能從中萃取出好點子**。

我從當兵時就養成了每天記「三個」點子的習慣，對我來說，不會每天的三個點子都很棒，但是每天三個，一週就二十個，只要二十個中有一兩個覺得還不錯，這個星期就算值得了。

當你越習慣去捕捉細微的感受，你抓到好靈感的機會也會越來越高。所以，當你開始打開眼睛、啓動大腦、狂記平凡的小點子，你其實已經離神靈感越來越近了。

靈感需要練習，更需要毅力

記靈感本身也需要練習的，你必須先訓練自己觀察，看到萬事萬物還要問問自己，感受到了什麼？聯想到了什麼？

這樣的觀察思考一開始還沒有養成習慣，你必須**刻意執行**，逼著自己去看去想。你會發現，你慢慢能看出更多細膩、想到更多連結，這表示你的觀察感受能力正在進步，也會漸漸內化成爲你的思考反射，你的大腦會一天比一天更容易迸出新的點子。

勤記靈感，無關天賦，只問你願不願意落實在生活中的每一刻。

不要相信記憶，請相信紙筆。剛起床時、快睡著前、洗澡時，在許多你懶得記、不方便記的時候，你能不能**「逼自己」**立刻用紙筆或手機記下，這就決定了你是不是能比別人有更多的寫作籌碼。

你有天賦，更需要靠勤寫打磨發光

這時你可能會想，這方法好累好遜喔，我腦中常常就有一堆酷點子，我從來不缺靈感，不用這樣記我也可以寫作啦！

也許你也是隨時可以擠出靈感的人，但是，眞的是聰明、腦筋轉得快的人就可以不用勤記嗎？剛剛我們提到的點子記錄狂「詩鬼」李賀，難道他是一個才能平庸的創作者，所以他才這麼刻苦記錄嗎？

事實恰恰相反，李賀是出了名的神童，七歲就以寫文出名，當時韓愈還特別拜訪，想考考他是不是有眞材實料，結果李賀當場寫了一篇《高軒過》，文采流暢、氣勢浩蕩，讓韓愈又驚又喜，七歲就名動京華。

想一想，連李賀這種超級天才都這麼勤記苦寫了，我們是不是更該努力呢？

換個角度來思考，究竟李賀眞的是人人稱羡的天才詩人，又或者，其實是因爲他下過這些苦功，打下深厚的基礎，才讓他奪得了天才之名呢？

無論怎麼說，李賀就算是天才，也絕對是一個比誰都刻苦的勤勞天才，他的苦記事蹟千古傳頌，成了「嘔心瀝血」這句成語，讓人人都記住了他的努力。

寫作是可以透過練習進步的，第一步就從練習記靈感開始，後續我們再慢慢來談如何運用靈感。

萬一眞的記累了，就想想李賀的勤勞，即便他因體弱多病而英年早逝，但在他短短二十七歲的人生，就留下了超過二百三十篇作品，一千兩百年後的今天，我們依然記得他的大名。而他的名句：「天若有情天亦老。」也在浩瀚詩篇中，被我們永恆記憶。

凡感力訓練

從今天起，請每天逼自己記下「三個」點子，只要心裡有一點點感覺就可以記。不求神靈感，只求規律執行。

你可以利用隨身筆記本，手機的備忘錄、錄音、拍照功能，甚至存在通訊或社群 APP，只要你方便、能夠隨時隨地記錄即可。

先不要嫌記下的靈感不夠好，要相信時間的威力，一週的二十個靈感中，只要有一兩個還不錯，一年年累積，你就會有一個自己的靈感寶庫。

靈感常常是私人且珍貴的，有些人可能不願意讓別人知道自己的靈感，所以本篇是極少數沒有 QR 碼線上留言的練習題。但還是不要因此偷懶、輕忽、不執行喔。

在記靈感的過程中，更重要的是讓自己養成觀察思考的習慣，有一天你一定會發現，那些看似平凡的感受，不知不覺就有了自己獨特的樣貌，成為了上等的寫作素材。

聯想力：創意也需要練習，聯想就是超能力

上一篇提到，要讓記靈感成爲一個習慣，最好的方法就是寧可錯殺、不可放過，多記多對。

但下一個問題馬上浮現，萬一看到萬事萬物都沒有感應，眞的沒有想法，那該怎麼訓練自己變成一個有創意的人呢？

其實激發創意也是需要練習的，甚至可以說**「胡思亂想」是需要練習的**。

當我們還是孩子時，都很愛做白日夢，所以我們常常會覺得小孩子充滿了想像力。

但在成長的過程中，我們更常聽到「不要胡思亂想」「不要做白日夢」，讓我們的思維越來越務實，亂想的能力也日漸衰退。

後面讓我們透過三個小練習，讓自己重拾天馬行空的「創意聯想」能力。

隨機組合法

創意常常是兩個舊的，組合出一個新的。

一七七〇年就有了橡皮擦這項產物，而鉛筆更是早就發明普及。但直到一八五八年，美國費城的李普門（Hymen L. Lipman）才率先將鉛筆接上橡皮擦組合註冊專利，還將專利以十萬美元賣出，這在當時是天價般的金額呀！

創意，本質上就是一個舊中取新的結果。

你有沒有想過，隨便抓兩三個看到的、想到的事物元素，可以湊成什麼樣的故事呢？

近年超級英雄電影很熱門，想想看，超級英雄加上電風扇可以變成什麼呢？或者近年日韓偶像團體也很熱門，那韓國女團如果加上「殺手」會變成什麼呢？

超級英雄＋電風扇＝狂風俠？

南韓偶像女子團體＋殺手＝特務女團？

「狂風俠」可以想像成：主角可能被什麼神秘力量或科學技術影響，變成擁有操控風的能力，可以發展出一個英雄成長故事。

「特務女團」則會想像：是不是有一組人氣女團其實是由政府所培育，一邊巡演還一邊要執行暗殺任務，女孩們其實都非常痛苦。因爲想脫離組織，而展開一連串的鬥智鬥力。

隨機組合法是最入門的練習方式，每天抽十分鐘，隨便抓兩三個元素組合，看看可以想出什麼。

重點是，**一開始千萬不要否定你的胡思亂想**。別說不可能，而是要去想：**怎麼樣會可能呢？**試著自己解答、自圓其說，也許一不小心，你就想出了一個想拿紙筆立刻記下的好靈感喔！

版本改造法

《異形》是一部一九七九年上映的科幻恐怖片，成爲了四十年來最經典的螢幕怪物。但你知道嗎？當時電影製作方看完了《異形》劇本後，就爲《異形》下了一個註解：**「《異形》就是太空版的《大白鯊》。」**

《大白鯊》在一九七五年上映，獲得了巨大的商業成功，但很多人卻不知道《異形》的敘事手法、拍攝方式與企畫宣傳方向，都與《大白鯊》有許多相似之處，簡直就是把大白鯊搬到了太空。

版本改造法其實就是商業世界最常見的方式，電影《血紅帽》就是童話《小紅帽》的恐怖版，電影《賭聖》就是《賭神》的搞笑版。

網路上常常看到的「時事跟風搞笑」也是版本改造，像是「古人撩妹語錄」爆紅後，音樂家、科學家等版本都跑出來了。

版本改造法的練習，你也可以找一個你喜歡的小說、電影、童話故事等，試著思考一下，它可以變成什麼版本。

「恐怖版」變「搞笑版」；「男生版」變「女生版」；「火車版」變「飛機版」；「奇幻版」變「科幻版」；「兒童版」變「成人版」；「西方版」變「東方版」等，先不要否定你的想法，而是試著去想：**怎麼樣會可能呢？**逼自己可以想得更多。

熟悉這個技巧後，你會發現有太多創意的故事，原來都只是版本改造的產物啊，看來要成為一個創意高手，其實也沒有這麼難嘛！

情節接續法

我超愛玩《妙語說書人》這套桌遊，一套有八十四張不重複的圖案卡，場景五花八門，有的是小女孩跟玩具熊背對背哭泣、有的是刺蝟抽起背上的刺當箭射出，我常常隨機抽一張卡，試著讓自己看圖說出一段情節，然後再抽一張，再看圖說一段接續上段的情節，一路抽牌接故事下去。

人的大腦其實先天就有一個「情況預測機」，會反射猜測之後將發生什麼事。

所以當人們聽到了一個故事的開頭、或是看了一個電影的預告片，很自然會接著聯想之後的情節，場景給得越具體，就越容易聯想。

要練習情節接續，最方便的方式就是到Youtube平台搜索「電影預告」，找個你沒看過的電影，看完它短短兩三分鐘的預告內容後，自己試著寫下「之後發生的情節」，寫越多越好。

前期你可以先規定自己要寫到三百字以上，後續再慢慢增加字數，練習可以想出更多情節。

當你越寫越多，寫到靈感枯竭，甚至把故事都編完後，可以再做一件事：將那部電影找來看，對一下你的創意跟編劇的想法有沒有重複。也許你會發現，你可能還想出了比原版更棒的劇情喔！

這就是創意練習的有趣之處，**不要急著什麼都去找正確答案，而是用腦袋不停逼迫自己思考可能性**。

「沒有正確答案，只有我想出來的才是答案。」只要抱持著這種勇於探索未知的習慣，你一定能成爲一個創意思考人。

聯想力訓練

隨機組合練習

用工人、項鍊、故人（以前就認識的人）這三個元素，你可以編出一段什麼情節呢？記得三個元素都要用上喔！

版本改造練習

「一個和尚可以每天打水喝，但是有三個和尚時，三個人互相推工作，大家反而都沒水可喝。」這個知名的小故事如果改成恐怖懸疑的版本，你會怎麼寫呢？

情節接續練習

有一天你坐在麥當勞，發現旁邊桌上有一支手機，卻沒有看到主人，你正想拿去櫃台，但手機正好響起，來電姓名顯示寫著「不要接」三個字，你嚇了一跳，正想掛斷電話，卻反而失手按到了接聽，電話那頭開始傳來了聲音，你忍不住拿近耳朵……

接續以上這段情節，你可以接出什麼有趣的故事呢？

掃描QR碼或輸入網址，與我分享你的練習內容！也可以在網頁上看看我的參考寫法喔！
https://www.rocknovels.com/wt02.html

刻畫力：文字就是畫筆，文章就是畫布

你有沒有試過寫生呢？就像畫家一樣，拿著一幅白紙到戶外，描繪你所看到的景致，盡力將眼前的畫面留存在畫紙上。

但你知道嗎？寫作裡也有寫實筆法，能靠文字重現作家眼前看到的場景喔！

就讓我們依序進行以下三階段的練習吧！

由概略往具體

寫作其中一項入門練習，就是將概略、模糊、不清楚的敘述，轉為越明確越好，具體寫出：**在場有什麼事物？是什麼模樣？**

舉例來說，同一個園遊會的場景，從最模糊到最具體可以這樣寫：

一、園遊會上有很多人。

二、園遊會上有表演者、攤販，還有遊客。

三、園遊會上有默劇、魔術、街舞在表演、還有炸雞、冰淇淋、手搖茶等攤販吆喝著，許多爸爸媽媽都帶著小朋友們前往，也不乏一對對情侶牽著手約會。

範例一的寫法，讀者的腦中只有模糊的「人」，除此之外，就無法想像園遊會上的其他畫面。

寫作時，**明確講出更多事物，能幫助讀者想像畫面與情境**，所以範例三就明顯有了更多的事物會浮現在讀者腦中。

但寫作時，也很忌諱拉拉雜雜說一大堆內容。因爲**當我們什麼都想說，讀者卻抓不到重點時，其實我們等於什麼也沒說**。

這種時候，我們就需要一個讓人聚焦的重點。

由具體往細節

當你想描述的事物頗多，這時反而要逆向操作，只挑選一個事物細細講述，會更容易讓讀者留下印象。

還記得園遊會上有個炸雞的攤販嗎？我們描述完園遊會的概況，在讀者腦中建立場景後，可以嘗試挑它講得更細。例如：

遠遠亮著金色招牌燈的炸雞攤在第一秒就抓住我的眼球，招牌上還畫了隻胖胖Q版小雞，攤車、鐵盤、炸台看起來都像是新買的，應該是還剛創業不久。

老闆是個年輕男生，目測不到二十五歲，身材精瘦的他，身上的黑背心都濕透了，但臉上還是掛著陽光的梨窩笑容。

他的手臂上有著數不清、被熱油濺到的燙疤……

想一想，以上有什麼小地方被刻意寫入呢？胖小雞、新器具、濕透黑背心、梨窩、燙疤，這些細節接連出場後，你腦中的畫面是不是越來越真實，好像真的看到一個年輕小老闆對著你笑一樣。

比起很多部分都蜻蜓點水略寫，只選取一個重點，故意將細小的地方挖出，反而可以讓讀者記得更深。

但是這樣就夠了嗎？當然不是，當我們學會講描述小地方之後，還要將小地方與人的感官做連結。

由細節往五感

人是感官動物，如果在文字中描寫人的「**視聽嗅味觸**」（五感），**讓讀者聯想起過去相關的感受**，就更容易留下印象。同樣以炸雞攤爲例，還可以這樣寫：

老闆將剛黏上麵粉漿的雞排滑入油鍋，立刻響起吱吱作響的油炸聲，身旁的抽氣管也散出暖意，空氣漸漸瀰漫炸雞的香味，越來越濃。

當我接過剛起鍋的雞排，燙得讓我幾乎拿不住，外皮已炸得金黃酥脆。我撕開脆皮，流出肉汁在陽光照射下閃耀著光芒，迫不及待咬了一大口，口中頓時充滿炸雞肉的鮮嫩滋味，醃過的肉還帶著些微辣。

舌頭舔了一下上顎，那邊因爲吃太急有點被熱汁燙傷了，有些淡淡的刺痛……

希望你不是半夜餓著肚子讀這段文字，否則應該滿容易勾起你過去吃雞排的經驗。

你也可以回頭檢視一下，找找看它用上了幾個五感的摹寫呢？除了描寫小細節之外，你若能將五感也用上，刻畫的功力就算是及格了。

雖然寫實刻畫只是寫作的入門，之後還有意象隱喻等進階技巧，不過千萬不要嫌它樸實而不練習喔！大畫家畢卡索的抽象畫世界聞名，但早在他十四歲時，他已經是寫實畫的高手了，他生動的《姑媽佩帕的肖像畫》（*Portrait of Aunt Pepa*），就被評論爲是整個西班牙藝術史裡最棒的畫作之一。

一如寫實畫是每個畫家的必經之路，刻畫寫實的筆法也是每個作家的基礎修煉喔！

刻畫力訓練

這張照片來自專門提供「無著作權（CCO）」照片網站 Unsplash。請練習用文字刻畫這個場面，建議你：

1. 先點出場景的具體概況，讓讀者腦中建立全景。

2. 從全景中再挑選一個重點講細節，加深印象。

3. 在細節上再添加五感摹寫，勾起讀者感受經驗。

這個練習要挑戰的是，可不可以讓他人就算沒有看到這張照片，看完你的文字後也可以在腦中描繪出相同的場景，甚至更加生動喔！

掃描QR碼或輸入網址，與我分享你的練習內容！也可以在網頁上看看我的參考寫法喔！
https://www.rocknovels.com/wt03.html

洞察力：每一個相遇擦身，都是人縮影一生

福爾摩斯在《黃色臉孔》中，曾只憑一個陌生人遺落的菸斗推理：「菸斗能表示一個人的個性。這只菸斗的主人顯然是一個身強力壯的人，慣用左手，一口好牙齒，粗枝大葉，經濟富裕。」

一個菸斗就可以看出這麼多？看著面露疑惑的華生，福爾摩斯接著解釋：「這是格羅夫納板菸，八便士一兩，」福爾摩斯邊說，邊把菸斗中的一點煙絲倒出，「用這一半的價錢，就足夠抽上等菸了，可見他的經濟富裕。」

福爾摩斯繼續說：「你可以看出這菸斗的一邊已經燒焦了。用火柴點菸是不會弄成這樣的，可見他有直接在油燈上點菸斗的習慣。而燒焦的只是菸斗的右側，由此，我推測他是一個使用左手的人，所以火焰自然是側向右邊；菸斗的琥珀嘴已被他咬穿，說明他身強力壯，牙齒整齊。如果我沒有弄錯的話，我已經聽到他走上樓了，那麼，我們就可以研究一些比這菸斗更有趣的問題了。」

當那個陌生人一露面，果然全都被福爾摩斯給講中了。像這樣看似超能力的推理，其實背後都有線索與邏輯在支撐。

我也常說一句話：**好的寫作者要像偵探與心理師，從表面找線索，從證據推性格**。這也是我們本篇要做的練習。

從表面找線索

你是否觀察過路人呢？當你試著從路人身上找線索，其實可以看出很多故事。

像是一個學生，一手拿著星巴克拿鐵，一手滑著iPhoneX手機，你覺得他可能是怎麼樣的人呢？是不是家境相對富裕的人呢？或者是爸媽特別捨得讓他花錢呢？爸媽會是什麼職業呢？他在學校的人際關係如何呢？

又或者一個上班族女子在公車上，手裡拿著一本《被討厭的勇氣》閱讀，你覺得她是一個怎麼樣的人呢？她是不是有什麼人際關係的煩惱呢？

做個練習吧，當你看到路人時，在不構成騷擾的前提下（這點很重要），試著仔仔細細的打量他，觀察他的穿著造型、他的表情肢體、他的行為言語，然後嘗試在腦中回答幾個問題：

他（們）是什麼身分？職業、年紀、關係？

他（們）打算做什麼？平時都在做什麼？有什麼習慣？

他（們）在別人眼中是怎樣的人？平時的生活環境如何？

他（們）過去的人生有怎麼樣的歷程？

從表面蒐集還不夠，進一步我們還要往內在發展。

從證據推性格

人的行動往往反映內心的想法。

當父母因爲孩子考試很差而懲罰他時，可以反映父母的觀念可能是「讀書對人生很重要」。

當一個客人因爲超商店員手腳不夠快而大吼大叫時，可以反映出客人是一個急躁、衝動、沒有同理心的人。

當一個學生跟他的同學抱怨他補習補得好痛苦，但爸媽都很嚴厲時，可以反映出他渴望自己有更多自由，卻害怕惹怒父母。

從上一步驟路人的外表言行，蒐集到足夠的證據後，我們可以再去猜想這幾個問題：

他（們）的言行中，可以看出他有什麼觀念？

他（們）應該是一個什麼個性的人？適合哪些形容詞？

他（們）現在的目標、夢想、渴望是什麼？

他（們）現在的阻礙、煩惱、恐懼是什麼？

這八個問題，你應該養成思考反射動作，看到任何路人都能自動解析推理。

雖然經歷與內在有可能猜錯，但**「對錯」從來不是這個練習的重點。它是要強迫你去觀察人、理解人**，這也是好作家的本領。

這一招也可以用在人際溝通上。當與朋友、家人、同事吵架時，靜下心想一想，他的意見跟我不同，是因爲他有什麼觀念呢？他的動機是什麼呢？他想要什麼？抗拒什麼呢？當我們可以抓出行爲深層的原因，衝突往往也更好化解喔！

洞察力訓練

請在你空間、通勤、逛街或路上等待時，試著觀察路人的穿著造型、表情肢體、行為言語，再嘗試問自己前面列的八個問題，你可以先這樣寫：

因爲他穿著校服，所以他是學生。

因爲他全身都是名牌貨，所以家境應該不錯。

因爲都已經晚上 11 點了，還可以跟朋友在外面晃，所以家人應該不太管他。

因爲他滿口都是髒話又大聲喧嘩，所以他應該是一個以自我爲中心、比較不在乎他人的人。

列出**「因為所以」**能讓你的推論更有根據，而不會淪為胡思亂想。

如果可以請天天練習，盡量練到變成反射動作！**先不用在意對錯，只問自己有沒有養成思考的習慣喔！**

掃描QR碼或輸入網址，與我分享你的路人推想內容！也可以在網頁上看看我的參考寫法喔！
https://www.rocknovels.com/wt04.html

側寫力：一個動作一句話，每個人物皆不同

被譽為「短篇小說之王」的莫泊桑，年輕時也曾為寫作感到煩惱，他來到當時法國著名小說家福樓拜家，請教福樓拜該怎麼把人事物寫得生動呢？福樓拜只說了：「去門口站，看每天經過的馬車。」

莫泊桑每天站在門口看馬車經過，實在也看不出名堂，他只好再回頭找福樓拜說：「我每天看來看去，都很單調，沒有什麼特別的。」

福樓拜笑著說：「怎麼會沒有特別的呢？你有注意到晴天馬車怎麼走？雨天又是怎麼走嗎？你有注意到上坡與下坡怎麼走嗎？你有注意到車夫遇到大太陽與暴風雨時臉上的表情嗎？巴黎的車夫那麼多，但**你筆下的車夫應該是全巴黎『獨一無二』的車夫**，你覺得這還單調嗎？」

這個觀念重擊了莫泊桑的心靈，影響他日後成為了偉大的現實主義作家。

前兩篇從「細節刻畫」到「人物洞察」，這一篇的練習必須更升級，我們要從別人的言行中做個側寫紀錄。

在生活中採訪

請你回憶一下看過的談話性節目，主持人都是怎麼訪問來賓的？而在日常生活中，你進行採訪的機會其實也高得嚇人。

你一定想，我又不是主持人或記者，怎麼有機會採訪人呢？

我會這樣說：**只要你有跟朋友閒聊過、與陌生人寒暄交誼，你就是在採訪。你只要有提問，甚至追問，你就是在訪問**。你缺乏的只是將你聽到的回答做紀錄，並思考其中的人物特質。

或者是，你無法與某人有閒聊的機會，如：公司董事長、賣盜版的攤販、執勤中的警察，但只要你能長期觀察他，你依然可以從他的言談行為中寫一篇側寫紀錄。當然，請注意你的自身安全。

對寫作訓練來說，**生活言談即是採訪**。先建立這個觀念，就能稍微認真地對待每次的閒聊機會。

說到這你可能想，跟這上一篇「洞察練習」有什麼不同？洞察力主要**訓練你**

觀察後的猜想推論，而側寫力則著重在**細部言行紀實**，其中更包含了**刻畫細節**的能力。

在言行中捕捉

採訪或觀察時，除了推理線索外，更重要的是**「言行留眞，由小見大。」**不只是猜想，而是要確實記下當事人做的行爲與說出口的話，**言行才眞正可以看出一個人的本性與價值觀。**

最難之處也在於，當某個「由小見大」的言行一閃而現時，你能不能精準捕捉到呢？

我曾經採訪過好幾位視障音樂家，其中一名五十歲左右的女性視障歌手，獨自住在中山區一棟出入複雜的套房大廈。周邊皆是特種行業場所，約三張雙人床大小的租屋堆滿了雜物，連行走坐下的空間都沒有，可以感覺到，她的生活應該過得不算太好。

聽完她敘述生命中的種種苦難，完成了訪問後，我收拾器材要離開了，她坐在唯一清出的位置對我說：「把門帶上就好。」

我問：「妳不用來鎖門嗎？」

這時，她說了一句讓我一輩子都忘不了的話：

「我只有命一條，沒有什麼好偷的。」

一句尋常的話，卻像是她一生經歷與感悟的凝結。

我帶上了門，但這句話過了好幾年，在我腦中的畫面依然清晰。我不用向你介紹她的人生，光這句話就足以體現她的悲傷與無奈。

像這種能**突顯當事人內心景觀的言行**，就是我們採訪時首要捕捉的重點。而這類的最真實、最能呈現本質的言行，總是會藏在當事人的日常。

這不會是設計出來的，也無法在宣告「開始」後捕獲，只有從生活中微小的言行觀察才能抓到，那一閃即逝、不經意的，卻最自然立體的人物本質。

這就是為什麼側寫力必須先完成「刻畫」與「洞察」的訓練。**精準的側寫建立在長期的觀察、細節的發掘、人心的理解。**

就如同福樓拜所說，寫作，必須要寫出一個「尋常卻與眾不同」的人。而這

個技巧就是建立在抓到一個
能「由小見大」的眞實言行。

側寫力訓練

請找一位朋友面對面聊天，但別讓他知道你的目的，我們要的是最自然的他。如果沒有機會閒聊，則改為長期觀察，偷聽對話，同樣可以做紀錄。

請你在聊天觀察時默記下他的動作、說話內容，甚至是肢體、表情、語氣，看看有沒有一句話或一個行為能彰顯他的內心思想，也呈現了他與多數人不同的特質或價值觀？

掃描QR碼或輸入網址，與我分享你記下的某人言行與內心的連結！也可以在網頁上看看我的參考範例喔！
https://www.rocknovels.com/wt05.html

感受力：抽絲剝繭解情感，落花水面皆文章

漫畫改編的日劇《重版出來》裡，有個新人漫畫家叫中田伯，被他的老師評爲「分鏡與故事結構近乎完美」，但中田伯卻有著一個嚴重問題：他身爲一個創作者，卻沒有「共感」能力。

也就是，他對他人的喜怒哀樂完全無感，無法感同身受，自然也無法投注情感到作品中，這幾乎是創作者的致命傷。

我常跟學員討論，**什麼是寫作天分？怎麼樣算是有天分？**最常得出的兩個結論是**「靈感點子」**跟**「感受敏銳度」**。

靈感點子我們在凡感力已經討論過了，好點子是靠著你的勤勞堆積而來，是可以靠後天彌補的。但敏銳度呢？它可以靠後天練習嗎？

我常跟人自嘲說，我是一個哭點很低的人。但其實我心中隱隱爲此感到自豪，因爲這些情緒會是我源源不絕的寫作動力。

假設同樣一個事件在你我眼前發生，我們都目擊了，我也許從中感受到了悲傷、憤怒、無奈、遺憾，但你卻說：「我沒有什麼特別的感覺啊，我覺得還好啊。」我有感的事件，會成爲我的寫作素材，但一**個你沒有感覺的事件，自然無法成爲你的寫作素材**。

清代文學家王永彬在《圍爐夜話》裡說道：「觀山嶽，悟其靈奇；觀河海，悟其浩瀚，則俯仰間皆文章也。」如果能做到看萬事萬物都有感觸，能夠記下的點子素材自然就多得數不清了。

如何提升對人事物的感觸，能善於體察情緒感受，就是本篇的練習。

如何形成共感

人爲什麼會對他人感同身受呢？

講得具體一些，當我們看到路人摔傷，手肘膝蓋都擦傷了，血從傷口慢慢滲出，目擊的我們爲何也彷彿覺得疼痛呢？甚至說一句：「哎呦，看起來好痛喔！」

原因很簡單，因爲我們曾經也受傷過，也流血過，也疼痛過，所以我們很自然會**喚回過去的記憶**，甚至**在腦中模擬，將自己帶入**，這時候「感同身受」就產生了。

反過來說，如果你向一個從沒有談過戀愛的朋友哭訴你失戀了，心有多痛、多想死啊！他也很難體會你的心情，因爲他沒有類似的經驗可以借鏡啊。

因此**對他人共感的產生，是建立在自身經歷的連結**。而要增強對他人情感的體察，也要先從自身的情感入手。

如何增進感受

當你日後遇到「強情緒」產生時，比如強烈的悲傷、憤怒、高興、害怕、沮喪、惡意等，你可以停下來問問自己，你爲什麼會產生這些情緒呢？能做一段書寫紀錄會更好。

如果當下情緒過強無法控制，無法理性解析，也可以等一段時間，像是睡覺前、隔一天後，再進行自問與記錄。

以下是我在不捨與親人離別時記下的：

「人生是一列無法回頭的列車，我們都有各自的上下車時間。父母、朋友、伴侶只是陪著你旅遊了一段路，無論長短，但他們終究會向你告別、獨自下車。」

「你可以揮揮手送他們，但他們不會希望你淚流滿面地繼續接下來的路程。」

「既然我們都無法跳車，就只能把握時間，看看窗外的風景，看看身旁的人們，努力把它們印在心中。輪到我下車的時候，希望我可以輕盈地走，無愧這段路途。」

每當生命中有什麼不愉快，我總會安慰自己說：**「好險我是一個寫作者，所有的負面經歷都是我的寫作能量。」**

而諾貝爾文學獎得主海明威也曾說：**「作家成長的條件是不幸的童年。」**這句話當然不是要我們去追求不幸，而是在勉勵我們，**即便被不幸給絆倒，跌在地上的時候，也要盡力抓一點什麼再站起來。**

讓人生，沒有純然的不幸。

感受力訓練

請從你的一個強情緒事件當下或事後探索，你為何產生這個情緒感受？你的想法觀念是什麼？這個想法觀念背後的成因是什麼？你其實渴望什麼？你其實抗拒什麼？

請像寫不定期的日記一樣，一旦今天產生了強情緒事件，就為自己記錄一下。長期實行後，你一定可以感受到這個訓練對你的幫助，不只是寫作，也是生活的幫助。

掃描QR碼或輸入網址，與我分享你挑戰的主題！也可以在網頁上看看我的參考寫法喔！
https://www.rocknovels.com/wt06.html

深讀力：閱讀就是批判，閱讀就是推理

我們都知道閱讀對寫作有幫助，但是如何能讀得更深入呢？有一個小秘訣可以讓書讀得更透徹，那就是**「以轉述精華爲目標」**來閱讀。

如果你知道讀完現在手上這本書，下週就要上台簡報，在閱讀時你是不是就會更去思考本書重點是什麼？段落章節彼此怎麼接續？結論又是什麼？

就好像是學生時期，老師如果說：「這段講完等一下立刻小考。」包準每個同學都聚精會神要聽懂老師在說什麼，所以提升閱讀品質立竿見影的作法，就是**逼自己每讀完一本書就寫一篇紀錄短評**。

閱讀短評寫法

記錄沒有絕對形式，以下是我的習慣作法：

一、讀書時手邊準備可記錄的電腦、手機或紙，邊讀邊記，感悟總是一閃即逝。

二、紀錄分成兩邊條列，一邊記本書好的觀念、作法、寫法，一邊記不認同的。

三、記錄步驟時，也速記下：好是爲何好？不認同又爲何不妥？如何改善？

四、全書讀完後，寫下整體讀後感，下一個結論：本書重點在講什麼？適合哪些人？能帶來什麼啓發或幫助？

簡單來說就是**「正反並呈，歸因總結」**，要具體點出哪裡好？哪裡壞？爲何好？爲何壞？我的感受、全書重點與結論爲何？

作法或格式可以自由調整，但更重要的是要帶走閱讀的心法。

閱讀的心法

蘇軾的女婿王庠曾問蘇軾怎麼讀書的，蘇軾就在〈又答王庠書〉介紹了他獨創的「八面受敵」讀書法。

「八面受敵」其實是蘇軾借用《孫子兵法》中的術語。如果戰況八面受敵，並不是要八面出擊，而是要集中力量擊敵一面。

蘇軾把一本書中豐富的知識比作「敵人」。他說：「書富如入海，百貨皆有之，人之精力，不能兼收並取，但得其所欲求者爾。故願學者，每次作一意求之。」

白話意思是，好書內容豐富就像海洋，但人的精力有限，很難一次就理解所有面向，所以讀者應該在讀書時，**心中帶著一個目標來讀，會更有收穫。**

「帶著目標讀書」就是閱讀的心法，可以先預設，我想從書中得到什麼？解決什麼問題？這樣從書中得到的反饋會變得更具體。

當我們立志要去海邊找白石頭，腦中有明確標的，雙眼就會聚焦，而不是漫無目的只看到一大片廣闊的沙灘。

我們的閱讀應該有意圖，這點也可以反向成立，**世界上每一個寫作者的內容其實也都有其意圖，**我們在閱讀時，可以進一步去推測，**作者這樣寫的意圖是什麼？**

這可以從廣到細：全書的主題、章節編排、段落的接續、所舉的例子、句型與文法、人稱與風格、選用的詞彙，標點與斷句。

以上這招「意圖」心法，應該養成自然反射習慣，閱讀時就在同步思考。當你閱讀時可以抓到作者的意圖，你對內容的理解也會加速。

關於字句遣用的作者意圖，在後面的〈鍊字力〉與〈偷渡力〉會有更詳盡的說明。

當我們能看懂作者的寫作用意，無形中其實也抓出了他的寫作技巧，讓我們更容易仿效，這其實就是一個寫作的進階修煉喔！

目標閱讀法，我覺得也呼應了**「目標導向」**的人生哲學。

當我們有爲自己的人生設定目標，生活中我們便會有意識地，花時間與精力去做能幫助我們達成目標的事。

倘若都沒有爲自己設定目標，時間與精力也會分散在日常的瑣事中，行動上沒有標的，當然更不會積極去達成根本不存在的目標。

由此可知，只要爲自己每一年都設一個大目標，或每一季都設一個小目標，目標的存在會帶動你的意識與行動，人生會更有效率、生活也會更精彩。

深讀力訓練

現在就找一本書來讀，嘗試照著我說的「正反並呈，歸因總結」寫一篇短評吧，希望可以讓人光看你的短評就覺得有學習新知的收獲喔！

身為一個閱讀狂，我迫不及待想要被你推薦好書了，快上網分享給我你最近讀到的好書。如果真的不知道要評論哪本書，那就來解析一下你現在手上這本吧！

我也會在網頁中放上我的大量書評範例，還有我推薦的私人進修書單！

看書，我一直認為是人生最划算的投資。作者一生的智慧結晶被縮進幾百頁的紙，讓我們端在手裡，打包帶走。

有些作者可能遠在地球另一端、有些作者可能早已不在人世。每當我用指尖劃過紙本上油墨化成的文字，我都深深感謝我活在這個能盡情閱讀的的時代。

祝福你也能遇上幾本改變你生命的好書。

掃描QR碼或輸入網址，與我分享你的練習內容！
https://www.rocknovels.com/wt07.html

辯題力：禁不起討論的，都該重新被思想敲打

寫作文類可以粗分成兩種，抒情文與論說文。我們後面會提到抒情文比較感性的技巧，本篇先講論說文。

論說文有一個大目標就是要說服人，哪怕你是在網路上寫一篇食記、遊記、開箱文，它的目的都是要推坑讀者或警告，這時能不能說服讀者去做或別去做，就是展現寫作功力之處。

上一篇講到要讀出作者的寫作意圖，這一篇就接著要你在下筆前，**訂出你的寫作意圖，知道你打算要講什麼？清楚要往哪個方向施力？**這樣才能增加文章的說服力。

直白來說就是：**「下筆前，請先訂出你的主題。」**

從正反面樹立主題

當你想要陳述任何事情，你一定會有一個站定的立場。要是沒有的話，你文章結論可能會是：「這兩個情況我覺得都可以喔，看大家自己決定囉。」如果在職場上，你的提案敢以這樣收尾，肯定會被主管炸上天。無法勇敢站定立場的人，往往是對情況了解得不夠透徹，這時就格外需要正反面立論。

正面：這件事贊同支持的原因是什麼？

反面：這件事否定反對的原因是什麼？

先蒐集正反資料，再思考判斷你覺得哪邊說得比較有道理、有證據支持，最後才下筆寫文章。

舉個例子，也許你想討論：「正常上班族的年輕人該不該拚買房？」

- 支持買房的原因：當作是強迫儲蓄、不用一直搬家、不用被房東限制、避免老了租不到房、心靈的安定感、有奮鬥的目標、繳租金不如繳房貸、房價有增值可能、傳統觀念的安穩。

- 反對買房的原因：成爲房奴、壓縮生活品質、可用現金過少、住不慣換地點較麻煩、房貸造成心理負擔、租屋的屋況品質較佳、自有房要付折舊修繕成本。

以上依對象的年齡層、居住地、收入、情境不同，當然會有不同的考量。你在通盤了解後，你可以怎麼下結論呢？你自己的觀點又是什麼呢？**說出你的看法觀點才是最重要的**。

你也許能說：「買與租之間，反映的是你想要什麼樣的生活。對我來說，有品質的生活才是人生的追求，居住應該是自由，而非綑綁。」

但你也可以說：「買與租之間，反映的是你想要什麼樣的未來。對我來說，讓家人有個安穩的家，是人生必要的責任，也是該負的責任。」

先有了自己的判斷後，再下筆就有了方向感，知道要寫什麼來支持你的看法、知道要寫什麼來駁斥相反的意見，文章的力道也就增強了。

挑戰一個罕見主題

文章除了有你想表達的看法外，有時也可以挑戰一些「驚世駭俗」的觀念，例如：

- 子女不一定要孝順父母
- 機會是留給不擇手段的人
- 追求安逸也是一種人生哲學
- 每個人都有自殺的自由
- 不是每個人都需要夢想
- 虛僞是一種必備技能
- 婚姻中不一定需要愛情
- 靠出眾的外貌爭取更多機會是一種本事

寫文章前同樣要有正反意見的蒐集，但不同的是，我們已經立定好要顛覆傳統價值，因此在蒐集的方向上，自然都會尋找對我們有利的、對對方不利的。

普世價值的觀念民眾都看太多了，大家都知道要「愛、勇敢、孝順、和諧、追夢、努力、公平」，這時如果能有一篇**「前所未見」的新觀點，但依然說得合情合理**，能夠服人，自然會讓讀者佩服筆者的思想與論述，也是我們進階可以挑戰的目標。

最後，當我們要挑戰顛覆觀念時，並不是爲了要譁眾取寵，而是我們相信：**「眞相」本身禁得起辯論證明**。通過辯論，互相檢驗雙方的說法依據，讓我們都可以從中挖掘出人生的智慧，合宜地面對這個複雜的世界。

辯題力訓練

如果只是練習將一個議題正反因素各自陳列，再表達自己的看法，這樣的練習有些小看大家了，我們就進階一些。

請你挑選一個從小到大、在生活中很常聽到的觀念，也就是普世價值的看法，試著證明它是錯的。

你同樣可以採取兩面論述，一邊講它錯在哪，一邊講不這樣做好在哪。

也歡迎你跟我分享你挑戰的主題，試著說服讀者，你提倡的才是正確的吧！在網頁上還能看到我挑戰的超刺激罕見主題喔！

如果你對於挑戰罕見主題還不太有信心，我給你一個輕鬆點的任務。中國知名的網路辯論節目《奇葩說》是一個很好的入門，你可以上網搜索片源，選一集你有興趣的辯題，先當個觀眾，觀摩一下中國的辯論高手是怎麼正反立論的吧！

掃描QR碼或輸入網址，與我分享你的練習內容！
https://www.rocknovels.com/wt08.html

提煉力：你的人生舞台，你應該是最投入的角色

我常勉勵一些夢想寫作的人說：**「無論你現在是什麼身分，都無法阻止你想成爲怎麼樣的人。」**

爲什麼我敢這樣說，當然是因爲我曾經離寫作非常遙遠。在這邊爆個料，我以前其實是個「殺魚的」。在我二十六歲的時候，我整天還窩在不見天日的冷凍海產工廠，沒日沒夜的殺著魚。

連我都可以硬著頭皮往寫作邁進，你又有什麼不可能的！

我常常開玩笑說，如果要寫一部海產工廠鬥爭與黑幕的小說，絕對沒有人寫得過我，因爲我眞實經歷過。

反過來，我想問問你，**你的人生又眞實經歷過什麼？有什麼是別人很少有，但你卻經歷過的？**

你可能想，我只是一個平凡人啊，我的人生沒有什麼大冒險啊！

肯定有的，那就是你的職業。

職業是一份助力

作家林立青的正職就是台灣工地的監工，二〇一七年以《做工的人》寫出工地人生而聞名。

我有一個學員是個牙醫師，他就以牙醫爲素材，寫了篇發生在牙醫診所的推理小說《牙醫偵探：螯米殺機》，順利出版。

很多朋友常抱怨自己上班好忙，都沒有時間寫作，但我一直認爲，**職業也可以是你的助力，幫助你體會一些多數人無法觸及的世界**。

其實台灣多數的作家都有一份正職，或者身兼多職，我也是如此。

我做出版編輯時，不像文字創作般自由，但也因爲這份工作，我才有幸能採訪到十二位身障音樂家，讓我能像閱讀真人書籍一般，聽他們親口敘述在黑暗中發光的一生。

前英國首相邱吉爾曾說：**「人總是在一個不適當的時間，被推上一個不適當的位置，去做一件正確的事情。」**

當你也覺得你的身分、處境阻礙了你寫作，不如反過來想，既然我**短期內無法改變我的身分、處境，那我可以利用它們來寫些什麼呢？**

「你喜歡的」如同你的左手，「你不喜歡的」如同你的右手，有智慧的人，應該學著讓兩手都能派上用場。

生命是最佳素材

我還在冷凍海產工廠時，有個技工叫榮哥。我跟他其實沒有什麼交集，但我記得有次跟他聊天，他說他看中了一輛車想買，可以載他的老婆、小孩、父母一起出遊，這是我對他唯一的印象。

後來有天，榮哥失蹤了，他在家裡桌上留了一張紙條寫著：「我去爬山，不要找我。」接著音訊全無。老婆報警了，調閱監視器知道他去了某座山，也動員了人力搜山，但仍一無所獲。

過了七天，一名登山客報案，在一個山洞前，發現了榮哥的遺體。

我們都想不通，正值壯年的他，父母都在，小孩也還在讀高中，生活沒有任何異狀，怎麼會發生這種事？是意外嗎？是自殺嗎？

眞相，只有榮哥自己知道了。

美國知名作家馬克．吐溫曾說：**「現實比小說還離奇，因爲現實不用考慮合理性。」**

是的，生命就是這麼的突然，我們往往無法察覺任何暗示。生命的殘酷，是爲了提醒我們生命的珍貴。

當你心中有話不吐不快，想拿筆寫下，我想，那肯定是**你也遇上了生命中珍貴的素材吧！**

本篇是第一章的最後一篇。

不知道你有沒有注意到第一章章名的兩個重點：「生活內建」與「寫作是人生的標配」。

前面八篇，我們一路談了：相信毅力、大膽創新、留心細節、揣摩內心、捕捉獨特、解析情感、推敲意圖、正反辯證。

無論是寫作，還是人生，我想這都是有幫助的訓練。

到本章最後一篇，我要說的很簡單，那就是請你**好好生活、用心感受**。

寫作是思想的凝固，而你活著的每一秒都在思考，不管你願不願意，寫作都已是你人生的標準配備。

既然如此，何不好好寫、用心寫，讓你的人生因爲你的思想而與衆不同？

提煉力訓練

你有多久沒有寫日記了？有多久沒有好好關注自己的生活了？

前面我們做了很多練習，像凡感、刻畫、洞察、側寫、感受，都是為了讓你可以好好做這個〈提煉力〉練習。

觀察自己的日常、觀察每天都見面的人，思考一下，有沒有某件事、某個人，給過你某個感悟，對你的人生觀造成了小小的影響？

本篇的練習，就是請你記錄下你人生的片段，最好是對你的人生觀造成影響或有所感悟的片段。你就是你人生的主角，這一段經歷將因你的記錄而別具意義。

歡迎與我分享你的人生小片段，在網頁上也能看到我的人生另一個私人小片段喔！

掃描QR碼或輸入網址，與我分享你的練習內容！
https://www.rocknovels.com/wt09.html

第二章

理性派文字九力：寫作是精密的科學

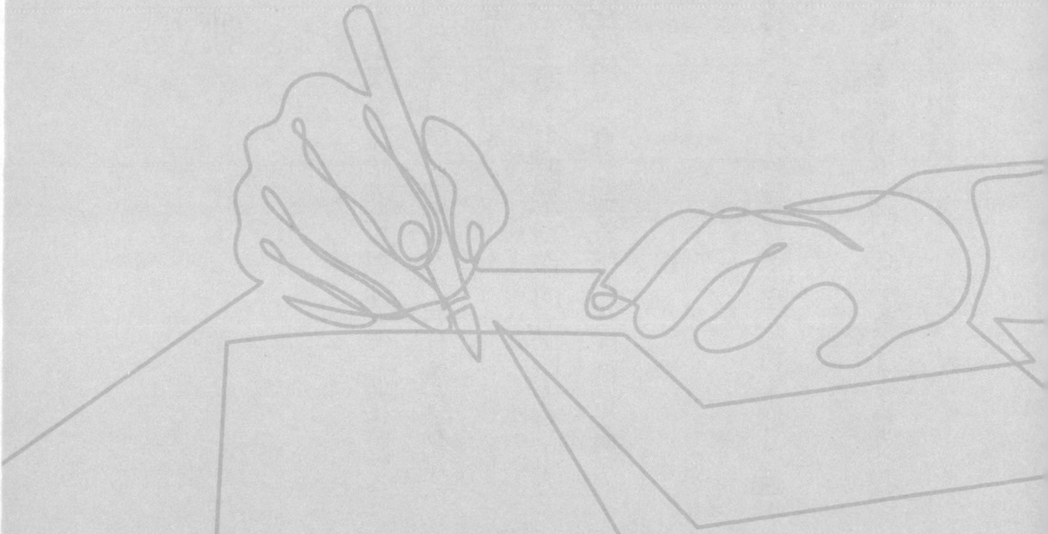

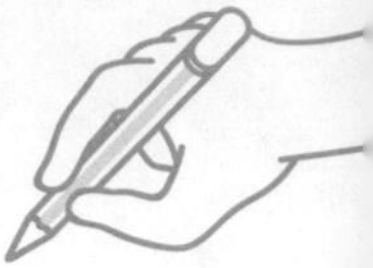

布局力：點清楚誰要上場，訂明白誰要站哪

你看過足球比賽嗎？如果你對足球不熟，下次看球時你可以注意一個重點，那就是十一個上場的球員，他們是站在場上的什麼位置？他們分別有什麼任務？

這就是**「布局」**，也是我們寫文章同樣要做的設定。

還記得〈辯題力〉也提過，寫作要先決定主題。主題是寫作的方向，有了方向，我們再去開展分枝，思考內容要提到哪些環節、各環節又該站在哪個位置。

由小標來建立架構

養成一個習慣，寫作請打大綱。也許你會說，我才打算寫短短八百字耶，還需要寫大綱嗎？

我會建議你，短文依然可以先下**「小標題」**。舉例來說，我曾寫了一篇〈我們該怎麼學故事〉的文章，它的小標題與內文概要是這樣：

一、跟筆學：說明寫作必須從大量練習中成長，固定產出作品。
二、跟書學：熟悉基本故事理論。
三、跟流行學：將學到的知識與時下流行做印證。
四、跟市場學：分析流行成功作品的因素。

訂下大標題後，也訂下小標題，再寫內文概要。無形中你已經在腦內打好全文架構，寫正文時比較不會跑題，內容也會比較收斂精準。

除了學校老師教的「起承轉合」之外，還有三種好用的布局：**「分述總結」「依序推進」「正反對比」**，熟悉這三招，對於論述型文章已經綽綽有餘。

分述總結法

分述總結：**訂好文章主題後，分別列舉相關項目**。

以我寫的〈輕輕鬆鬆提升文筆的4個寫作技巧〉為例，文章主要目的是「提升文筆」，其中又有四個作法：

演出：運用人物的言行呈現內心想法。
具體：明確寫出物品與細節，會暗示更多資訊。
譬喻：多用具體事物類比，讓抽象變好懂。
擬詩：運用重複、排比、留白等技巧創造美感。

以上四點都與「提升文筆」有關，每一項都持續緊扣主題。

我們常看的社論或是臉書貼文，當要說服他人某件事時，通常會是這樣編排：

內容主張：「請減少使用一次性餐具。」
原因分述：原因一、原因二、原因三……。
文末總結：基於以上幾點，所以我們應該減少使用。

以上的文章布局就是分述總結法，能讓讀者清楚抓到你的主張依據，相當基礎且好用。

依序推進法

依序推進：**訂好文章主題後，每個段落間有固定排序，層層深入。**

以我寫的〈完整寫作訓練4循環〉為例，文章主要目的是「如何有效率練習寫作」，共有四個步驟：

一、練習讀：先根據你的寫作目標閱讀。

二、練習寫：建立刻意練習模式，先模仿名家寫法。

三、練習想：讀寫時應有的思考模式，質疑作者、質疑自己。

四、練習改：說明修稿的重點與修稿的必要。

回頭看一下「分述總結」的舉例，如果我不先講「演出」，而是先講「擬詩」，這篇文章還是成立，因為這四點沒有固定順序關係。

但「依序推進」雖然同樣是列舉分項，但**彼此間卻有不可隨意調動的順序，**

這是兩者最大的不同。以剛剛提到的「請減少使用一次性餐具」可以這樣排：

內容主張：「請減少使用一次性餐具。」

原因推進：會造成環境污染、消耗資源；接著會造成生態危機、物種滅亡；最終會導致人類自食惡果、自取滅亡。

文末總結：爲了避免最後悲劇的發生，所以我們應該減少使用。

當你的內容需要推衍說明時，或有步驟流程時，特別適合使用依序推進法。

正反對比法

正反對比：**訂好文章主題後，將正方雙方論點列舉對照，評論優缺，以烘托出主張。**

作法我們在〈辯題力〉的「正反立論」已經提過。同樣用「請減少使用一次性餐具」來舉例：

內容主張：「請減少使用一次性餐具。」
正方論點：減少使用的種種好處。
反方論點：持續使用的種種壞處。
文末總結：對比之後可以明顯看出，我們應該減少使用。

使用正反對比法的好處，就是可以將好壞優劣並列，由反面來襯托正面，讀者就能立刻判斷出應該怎麼做，文章會更具說服力。

以上三種布局法都有合適的使用時機，從舉例中也可以看到：**同一個主題，用三種不同布局來寫都可成立**，全看寫作者的決定。

文章布局就跟踢足球一樣，並不是派出十一個人往場上一站就沒事了，還要根據你的戰略分派，前場幾個人、中場幾個人、後場幾個人。同時也要明瞭他們各自要肩負什麼任務，一篇文章才能發揮出最大的威力。

布局力訓練

請你練習先下一個文章小標題，讓心中有架構後，再開始撰寫內文。有時候，我們光看小標題的設定，就可以感覺到文章的說服力。

本篇提了三個布局法，你也可以練習將同一個主題，用三種不同布局來寫作，如果不打算寫全文，同樣也可以只寫大標題、小標題，與段落概要。

歡迎你跟我分享你的文章架構練習，說明你採用的布局，在網頁上還能看到我的隱藏練習題！

也可以到網頁上看看內文提到的文章〈我們該怎麼學故事〉〈輕輕鬆鬆提升文筆的 4 個寫作技巧〉〈完整寫作訓練 4 循環〉全文喔！

我們該怎麼學故事

輕輕鬆鬆提升文筆的4個寫作技巧

完整寫作訓練 4 循環

掃描QR碼或輸入網址，與我分享你的練習內容！
https://www.rocknovels.com/wt10.html

結構力：千百種公式，都在講同一句心法

很久以前，我看到一集綜藝節目在訪問周星馳，女主持人開玩笑說：「星爺，你的電影我知道，都是**主角一開始很弱很弱，後面很強很強**。」

主持人用一句話這樣總結了周星馳的電影，你認同嗎？

我們回憶一下幾個電影台一年重播上百次的《食神》《武狀元蘇乞兒》和《唐伯虎點秋香》幾乎都是這樣，主角一開場就算不弱，也會飛快掉入低潮，然後在劇情中慢慢爬升。這幾乎是周星馳電影的必備套路。

但這不是因爲周星馳沒新意，而是舉凡所有大眾故事、商業電影，甚至民間童話故事都是這種樣板。這些**不斷重複但有效的敘事編排，就成爲了我們所說的「結構」**。

有人說結構一直重複很老套，我完全認同。

但**在商業的世界，會不停重複的，表示它有一定的效果**。所以我們必須偷走它的效果，在上面建築我們獨創的城堡。

無論有多少教你說故事的書，它們分別列舉了多少故事結構，請記住一句心法：**「所有的故事結構，都是爲了創造巨大的情緒落差。」**

三段式的三幕劇

當我們要說一個故事，或說一段吸引人的內容時，必須先放入一個核心元件，叫**「衝突」**。

衝突是人類的**注意力吸引機**，有了它故事就有了重心。因此最基本你可以把內容拆成三段這樣編排：

觸發→衝突→解決

這種三段式結構也是最基本的敘事編排「三幕劇」，早在兩千多年前，古希臘哲學家亞里斯多德在《詩學》中就有提過戲劇要分三段的概念。

以衝突爲中心，前段描述衝突的起因，結尾呈現衝突的解決。這時主角的情緒應該是這樣的U型曲線（下圖）。

開場是正常的情緒，當衝突發生、無法解決時，主角會呈現緊張、不安、挫折、壓力，甚至悲傷等負面情緒。最後當衝突解決，主角才會回復平穩情緒。

讀者的情緒會投射在主角身上，會跟隨主角經歷一路上的情緒起落，這就跟看小說或看影視戲劇是一樣的歷程。

但還記得剛剛說過，結構是創造巨大的情緒落差。除了這種U型曲線，還有其他方式可以將情緒落差拉更大嗎？當然有，那就是更常被使用的N型線。

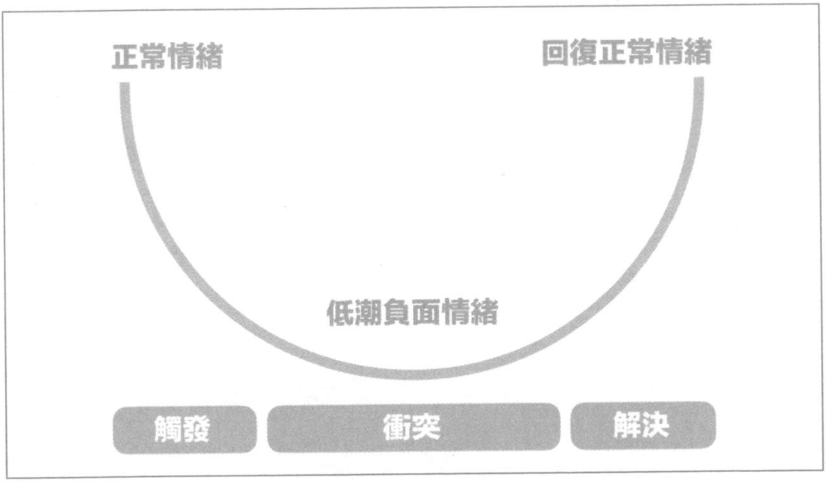

四段式的起承轉合

以前寫作文，老師都會教我們要「起承轉合」，其實這也可以用在敘事的編排上。

有時候我們覺得敘事的結尾好像有些虛弱無力，問題其實不一定是出在結尾，而在於**前半段沒有創造夠高的鋪墊**。

打個比方，請你從地平面跳到地下二樓，這樣已經有些高度了吧？但還不夠，現在我要你先爬到三樓，再往下跳到地下二樓，這樣落差就從兩層樓變成五層樓，可怕多了吧！

「起承轉合」其實是「三幕劇」的

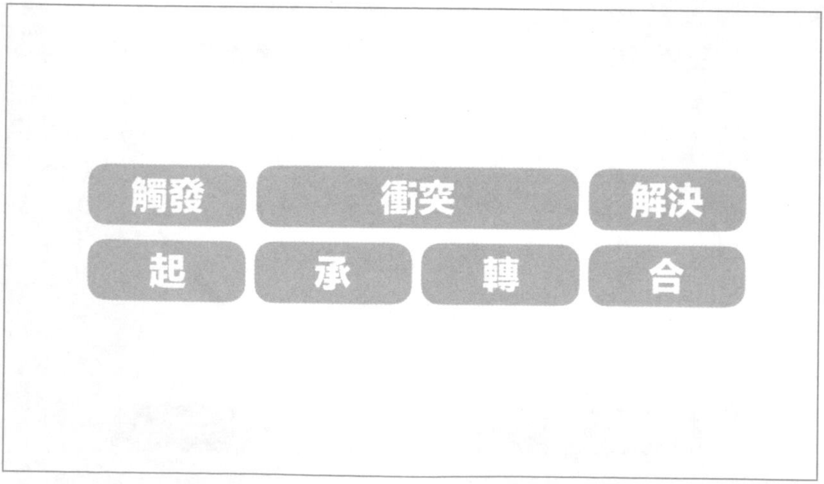

拆分，「觸發」對應著「起」，「解決」對應著「合」。而我們把中段的「衝突」再分拆爲「承」與「轉」。（上頁圖）

「承」是上升段，主角以爲即將達成目標；「轉」是下降段，主角從天堂一口氣摔落地獄。舉實例來說會是：

起：唐伯虎見到華府婢女秋香驚爲天人，決定潛入華府當下人展開追求。

承：唐伯虎憑著才華逐漸擄獲秋香的芳心，兩人情感漸增。

轉：唐伯虎身分被揭穿，而華府夫人對他恨之入骨，下毒謀害。這時奪命書生闖入華府，要將華府上下滅門。

合：唐伯虎解毒後，不計前嫌打敗奪命書生，解救華府，最後順利抱得美人歸。

「承」就是編排中的爬高樓，讓讀者以爲主角差一點點就要達成目標了，等「轉」再一口氣跳下來，狠狠摔落谷底，敘事曲線就像N型一樣。（下頁圖）

這時中間段落是不是就有**更大的落差與更多的轉折**了呢？

如果不是寫複雜的長篇故事，基本四段式「起承轉合」已經足夠讓你在日常寫作中的敘事變得更精彩。記住使用**「衝突＋落差」**，就能穩定發揮出結構的功效喔！

每次講到「結構」的技巧，總讓我有個體悟，也許精彩的人生就像故事結構一樣，一帆風順的人生固然輕鬆安心，但**跌落谷底後仍能奮起的人生，才值得我們欽佩**。

不要灰心放棄，人生每一次的身處谷底，都是爲了下一次的再次奮起！

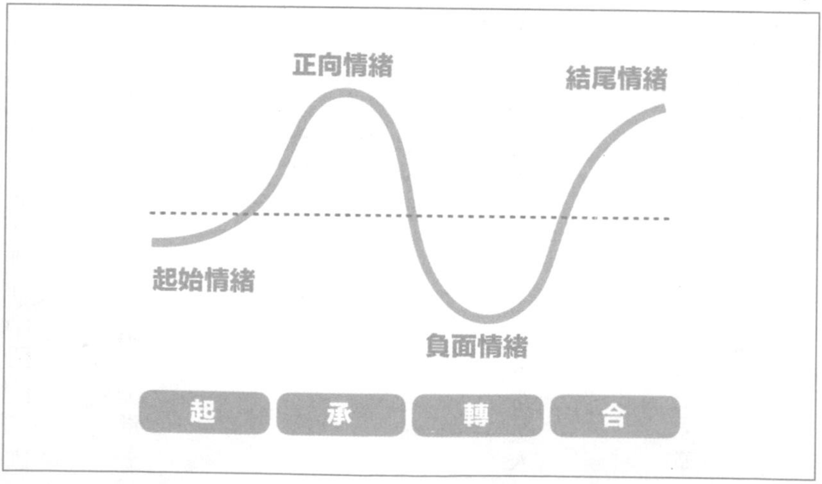

結構力訓練

請你描寫一段衝突事件，寫短短五百字內的綱要即可，用「起承轉合」編排四段，具體來說就是區分為「觸發目標、上升的順境、下降的逆境、衝突解決」將情緒落差拉大。

完成後，可以再嘗試將完成作品的「上升段」也就是「承」給剔除，改寫成三段式結構「觸發、衝突、解決」，感受一下，當敘事中移除了上升段，情緒落差是否有改變呢？

再來你可以思考一下，這四段式結構如果不套用在故事中，而是用在散文的結構可不可以呢？還是說它有沒有可能也是簡報提案或文案廣告的結構呢？。

歡迎跟我分享你練習的四段式結構編排，網頁上也能看到我準備的一篇範例，它會讓你知道〈結構力〉不只用在故事，也能運用在提案簡報喔！

掃描QR碼或輸入網址，與我分享你的練習內容！
https://www.rocknovels.com/wt11.html

懸念力：一開場就要亮刀子，一開口就要吸引人

我曾經看過一本工具書名爲《文案訓練手冊》，作者喬瑟夫是美國知名的廣告文案寫作者。書中喬瑟夫提出了他一生寫文案的精華總結：

文案，就是讓讀者看完第一句後，想看第二句。看完第二句後，想看第三句。看完第三句後……

你先不要笑，雖然這聽起來像在說笑，但你仔細想想，這其實很有道理但又很難。在這個資訊爆炸的時代，每個人根本有看不完的內容，源源不絕地推到眼前，哪個內容可以靠0.1秒就抓住讀者的眼球，才能開啓後續的機會。

這篇我們就要練習，怎麼用第一句話就勾著讀者，開啓懸念。

懸念就是不尋常或危機

有些紙媒或八卦雜誌總被戲稱，內容永遠是「裸體＋屍體」，這也呼應了人類的生理本能。

其實人類一直都有偵測危險的雷達，從遠古時代就內建在大腦，**一旦有潛在的危險，或有與日常不同的事發生，人類就會自動提高警覺**，這時我們就抓住他的注意力了。

上一篇我們有說到吸引人的內容，有個核心元件叫「衝突」，這招也是在觸發人類的危機探測。

模擬一下，你在火車車廂內，有兩個男子突然相互叫囂，甚至大打出手，你一定很難把眼球從他們身上移開吧？因爲你怕會不會突然危害到你身上。

又或者和緩一些，你跟兩個朋友一起吃飯，這時他們突然有些意見不合，兩個人都悶著不說話，安靜吃著自己的飯，不再交談，在場的你是不是也會覺得緊繃且小心翼翼呢？這就是人類的本能啊！

在寫作上，我們便要將「不尋常或危機」用在寫文的第一句話來勾人，它可以這樣變化：

- 今天我與老婆大吵了一架。
- 剛剛，我不小心把自己反鎖在了樓梯間。
- 下午，我被主管叫去會議室訓話。
- 不知道爲什麼，有個男的一直對我拋媚眼。
- 我從來不知道，原來這樣吃會致癌！
- 英國研究，每天睡超過十個小時，死亡率將上升15%。
- 情人節不想被女友殺，快上網買個○○吧！
- 每天都有八個人死於車禍，請支持○○改革。
- 昨天，我已經死了一次。

如果你把以上的內容寫在你的社群貼文第一句，肯定一堆朋友都會熱烈留言問你怎麼了？因爲這些都太吸睛了。

想知道不尋常與危機有多好用、多被濫用，請上新聞網站看看他們的人氣新聞，或是上網路論壇看看熱門帖子，它們幾乎都是這種「殺人標題」的模式，讓大量讀者被誘騙點擊。

除了標題與文章第一句話，整個文章內容或故事設定，如果非常罕見有趣，也會勾起很強的懸念。

趣味就該直接有力

大導演史蒂芬．史匹柏曾說：**「如果能用二十五個字告訴我一部電影的構想，那它可能會拍成一部好電影。」**這邊的二十五個字指的是英文單字，換成中文大約是五六十個字。

他想表達的是，**好的故事構思應該是直接有力**，如果還需要解釋一堆才讓人覺得有趣，那本身就不會是一個好構思。

當一部作品還沒有成品，但光是兩三句話就能讓人抓到故事的趣味點，引人入勝，則自然會吸引投資方出錢、吸引觀眾想看。

我舉個例子：你覺得《飛機上有蛇》這部電影在演什麼？

嗯，沒錯，就是在飛機上……有蛇。

光看片名，觀眾就會知道他們進戲院會看到什麼內容，得到什麼樣的刺激，吸引對此有興趣的觀眾。

像是《侏羅紀公園》《大白鯊》《異形》《星際大戰》和《少林足球》，全部都是直接有力的趣味作品，光看片名便能了解作品主題。

同時你有沒有發現？以上光看片名其實也符合了「不尋常或危機」，這一招放在企畫當然也適用。

再舉個反例：《美麗心靈的永恆陽光》，這片名能讓你預想到故事主題嗎？應該很難，你只能從心靈陽光這些關鍵字，大致猜到可能是個溫馨故事。

所以本片在引進台灣時，片商竟然將它翻譯成《王牌冤家》，完全亂翻。但由此可知「直接有力」對一個市場作品的重要性。

要勾起讀者的懸念，我們先學到了「不尋常或危機」，你可以從標題或第一句下手，甚至在概念企畫上也適用，但別忘了還要簡短且易懂。

有句俗話說「語不驚人死不休」，本篇雖然有點像是要你聳動誇大，但我們可以這樣思考：這世界有太多言論發表，其中一定會有你不認同的言論、似是而非的言論，當你願意挺身而出，說出你的主張，卻竟然沒有被任何人關注，這時，你說出的話還存在嗎？還能發揮效用嗎？你堅信的事還能傳播嗎？

因此我們才要設計懸念，**不只是讓閱讀被開啓，而是讓我們想說的話能有機會被聽見**。

吸睛只是手段，傳遞我們堅信的價值才是目的。

懸念力訓練

文章的標題、文案的標語、內容的第一句／第一段都應該要能勾起懸念。現在請你用上面提到「不尋常與危機」，創造出有吸引力的第一句吧！

當然，你也可以寫一篇語不驚人死不休的文章。還記得我們在〈辯題力〉提過的罕見主題嗎？創造直接有力的內容，也是勾起懸念的方式。

你可以做個練習，**當文章內容大致決定後，請你用一兩句話闡述文章的重點（有點類似總結）**，然後問問朋友，看看濃縮成一兩句話後，文章是不是依然吸引人喔！

歡迎你跟我分享你想出來的第一句，也可以是你在生活中看到有吸引你目光的一句話，多多益善。在網頁上也能看到我分享一個知名廣告的案例喔！

掃描QR碼或輸入網址，與我分享你的練習內容！
https://www.rocknovels.com/wt12.html

反轉力：先讓你誤以為，再讓你猜不到

心理學家愛德華・德・波諾曾在一九八〇年代提出六色帽思考法，強調從不同角度思考同個問題、客觀分析各種意見後才作出結論。

我們先不論六色帽的細部內容，但換帽子就必須換思維是一個很有趣的訓練方式。俗語中有個罵人的話：**「換了位置，就換了腦袋。」**

但在寫作上，換腦袋是一定要會的技能。尤其是一些很棒的文句，都是多角思維碰撞組合之後的產物。

我們可以用最簡單的**正向思維**與**負向思維**，接續排列創造文句的趣味。

正負思維的反轉

日本之前舉辦過短詩競賽，以下是其中一則優秀的作品：

如果妳在天堂認出我，請裝作不認識我，因爲下一次也想由我向妳求婚。

當我們讀了前兩句，以爲兩人有什麼心結的時候，下一句突然變得甜蜜，原來是老公還想再一次跟老婆求婚，這樣**「先負轉正」**的設計，就讓文句變得精彩。以下還有其他幾個範例：

- 我接下來的人生要倒大楣了，因爲我把所有的好運都用來遇見妳。
- 每個人都是昆蟲，但我確信，我是一隻螢火蟲。（邱吉爾）
- 你有敵人？很好，那說明在你的人生中，你曾爲某些事堅持過。（邱吉爾）
- 確認某些人是否值得信任的最好辦法，就是相信他們。（海明威）

也有**「先正轉負」**的句型：

- 先要了解事實，然後你才能夠隨心所欲的扭曲誤解它。（馬克．吐溫）
- 這個世界如此美好，值得人們爲它奮鬥。我只同意後半句。（海明威）

• 生命是一襲華美的袍，爬滿了蚤子。（張愛玲）

以上名言是不是都非常有趣呢？當轉折發生，與前句產生極端的對比，是最驚豔讀者的時刻，也是運用反轉的樂趣所在。

顛覆預期的反轉

其實，反轉爲什麼讓人覺得有意思，往往都是因爲讀者「想不到」，但讀者爲何想不到呢？技巧則在於鋪陳的過程中，我們**創造了「預期」**。

當我們誤導讀者會往「東」想，結果最後一句突然往「西」，這時超出讀者預期，他們就會覺得有意思了。這其實也是說笑話的基本套路：

• 我朋友買了支登山手錶，品質非常好，從懸崖摔下去都沒壞，就是人死了。

• 老師叫一名小男生上台跳個舞，小男生害羞小聲的說了句：「我不會。」
老師說：「男孩子嘛，要自信一點，大膽一點。」
於是小男生囂張地喊了一句：「老子不會！」

• 心理學上有個潛意識激勵的說法：

例如你每天早上出門前，對著鏡子說一句：「你很棒！你很棒！」一段時間後，那塊鏡子就會成為一塊很棒的鏡子。

以上三個笑話，你看前半段，心中都會產生一個「預期」，像是「只是錶掉了」「小男生上台跳舞了」和「人被激勵了」，但當最後一句衝出來後，卻馬上顛覆我們的預期，我們就會覺得有趣了。

燈塔在白天不會覺得亮，所以我們要為它找一片黑夜。當語句直述沒有力量，我們就要為它設計一個逆向鋪墊。

如同黑夜中的燈塔特別明亮，反轉後的語句也會令人眼睛一亮喔！

反轉力訓練

請你照樣設計一個句子，前面「負向」，最後一句「轉正」；當然也可以反過來操作，讓句子的前面「正向」，最後一句「轉負」。

你會發現，原來要創造自己的金句語錄，也沒有想像中這麼難嘛！但如果要強化反轉的力道，就需要有更多的鋪陳來誤導預期。

你也可以設計一段自己生活中的笑話，練習先「創造預期」，最後一句再反轉。也許你就是下一個搞笑天才喔！

歡迎跟我分享你的反轉設計，在網頁上我還有分享更多超級有趣的例子喔！

掃描QR碼或輸入網址，與我分享你的練習內容！
https://www.rocknovels.com/wt13.html

轉場力：只要創造相似，就能穿梭時空

有在玩影片剪接的朋友一定都很熟悉「轉場」這個功能，它能「過渡」兩個畫面，可能是很誇張的特效，也可能是利用影片內容中的「相似」，讓兩個畫面接合得天衣無縫。

二〇一七年臺北世大運的官方宣傳影片〈臺北我的主場　世界歡迎光臨〉，短短一分四十五秒中，場景就在「做家事的一家人」與「各類運動項目」之間，兩邊大量切換。

當我們要連結兩個不同的場景或時空，同樣可以用上轉場這個技巧，本篇就讓我們來練習一下。

請掃描QR碼參考影片，或輸入以下網址：
https://www.rocknovels.com/wt14.html

A到B的轉場

自然流暢的轉場的核心技巧，就是找出**兩個時空的「相似」之處**。如果沒有，也可以自己創造一個：

雷恩跟隨小隊往戰場深處前進，誰也不知道能不能活過下一個鐘頭，他背上厚重的通訊設備，讓他想起童年的厚書包，同樣那麼沉重，那麼不愉快，課本上的字句都是黑色的鎖鏈，讓他……（下略）

利用揹起某個沉重物體的相似，連結了「戰場上的雷恩」與「童年的雷恩」，書包就是我們爲「目的地」找出相似物。

善用「創造相似」就能自由切換在過去、未來、異地。

除了「相似事物」外，利用**「相似五感」**也可以讓轉場更自然，例如：

- 「觸覺」轉「未來」

用餐時，她不小心把一滴湯水濺到了雷恩手上，溫溫熱熱又有一點黏稠。等到那滴湯水乾成肌膚上的一層薄膜時，雷恩正與她在床上耳鬢廝磨、火熱交纏。

- 「嗅覺」轉「過去」

打開鍋蓋，滷豬腳的香味就從鍋子裡蔓延出來，與十年前一模一樣的味道，在這廚房裡不曾散去，從媽媽第一次滷豬腳時就對我說，人生跟滷菜一樣，要燜要熬，才會發香。媽媽總是……（下略）

- 「聽覺」轉「異地」

小關就在小劉面前倒下，這次，是眞的救不活了。小劉抱著解小關的屍體，漸漸冰冷，天上的烏雲也越來越密，整個天都黑了，雨就快要降下，沉悶的雷聲自遠而近襲來。

「轟隆」的一聲巨響，大雨傾瀉而下，小張在趕來的路上被淋得濕透，他心中依稀知道，自己遲了……

五感會直接勾起人過去的記憶、感受。藉由五感勾起的情境，能使轉場更流暢自然。

A到一二三的放射轉場

敘事轉場可以由A到B，由B到C，一路直線行進下去；也可以由「A」當中心點，放射狀連結「時空一、時空二、時空三……」。

雖然時空眾多，但每次都會回到「A」時空，它就是基點，這樣可避免短時間內跳躍太多時空，造成讀者混亂。

開頭說的世大運影片就是最好的範例，建議你請先看完影片再往下閱讀。

「家」這個時空就是「基點A」，由家中的「相似」去連結六項運動：

一、奶奶掃地，動作與高爾夫揮桿相似。

二、媽媽抬桌子，動作與舉重相似。舉重選手拍手的粉塵，畫面與水霧相似，回到家中擦窗。

三、年輕男女兩人面對面擦窗追逐，動作與柔道搏鬥相似。

四、爺爺拉開皮尺，動作相似射箭拉弓相似。命中圓形的靶心，形狀與炒鍋相似，畫面回到家中媽媽炒菜。

五、媽媽眼睛盯著翻炒的蔬菜，動作與乒乓發球時相似。乒乓球觸網，動作與打蛋相似，回到家中媽媽煎蛋。

六、男子跑去買蛋時跳躍，動作與跨欄相似。跨欄選手越過跨欄架相似，畫面與桌布蓋過桌子，回到家中餐桌上菜。

影片中從「家」這個基點放射連結了「高爾夫、舉重、柔道、射箭、乒乓、跨欄」六種運動的場景，但每次都會先回到家中再轉出去，有時還會找「相似」轉回家中，讓整體有一致性，不會覺得過度跳躍而混亂，這就是使用基點放射轉場的好處。

〈轉場力〉是一個寫作者自由穿越時空，卻能不被卡住的超能力。想要像時光機一樣自由來去各個時空，那就練習找出兩個場景的「相似」吧！

話說回來，不用這些相似轉場會怎麼樣嗎？

有許多小說要轉場就直接寫「後來、於是、隔天」等等就換時空了，或者更懶的會直接做像下一行的分隔線，一樣可以達成任務。

＊　＊　＊

所以構思相似轉場，難道只是爲了美感與技巧嗎？不做也不會怎麼樣？

我會這樣想，**轉場是作家的自我挑戰**，你可以費神構思，也可以直接打三個＊，雖然結果大致相同，但過程趣味卻大有不同。

有句廣告台詞說：**「不做不會怎樣，做了很不一樣。」**寫作便是如此，那個小小的「不一樣」，就是身爲寫作者的最大樂趣。

生活也是如此，我們熱中興趣、追求夢想，也是爲了讓我們枯燥的人生可以很不一樣。

現在，到你了。

在「不會怎樣」與「很不一樣」面前，你會怎麼選呢？

轉場力訓練

寫一段敘事，並用「相似」連結兩個不同的時空背景。也可以翻閱手邊的小說，看看書中主角要換場景時，作者是怎麼寫的。

如果作者沒有運用轉場，你也可以試著改寫一下，用「相似」轉場來連結喔！

想知道自己轉場順不順，歡迎與我分享你的轉場練習，我會給你我的建議，在網頁上也能看到我分享的一篇經典轉場案例喔！

掃描QR碼或輸入網址，與我分享你的練習內容！
https://www.rocknovels.com/wt14.html

視角力：找出那個最適合說故事的人

二〇一二年，因拍攝「Follow Me To」系列照片，也就是俗稱「男友視角」照片，而紅遍全球的俄國攝影師奧斯曼，他的作品最有趣的地方就在於只拍女友的背影，掌鏡的他只露出一隻手牽著女友的手，就像是被女友拖著他走一樣。

本來已經被拍到爛的世界知名景物，經過他這樣換個視角一拍，瞬間給人嶄新的感受，網路上也開始風行男友／女友視角的影片及照片。

換視角就是一件這麼神奇的事，我們常聽到一句話說：**「只要換個角度，世界大不同。」**在寫作的世界一樣可以換個角度來書寫，打開新的天地。

找出在場其他人的視角

我從新聞中擷取一段，改寫如下：

新北市一名婦人指控，酒醉的前夫與她口角後情緒失控，先是踹傷家中的狗，再來拉著兩人七歲的女兒吵著要離婚，連來勸架的婦人母親都被推倒在地。因吵架聲音過大，驚動鄰居報警，警方才到場勸誡調停。

請問，上述新聞中有多少人的視角呢？

多數人很快會說出「爸爸、媽媽、女兒」這三個，再來補一個「岳母」，最後想了想，有些細心的人才會再講出「鄰居」與「警察」。總計這六個人在現場。

下一題，回頭看一下，這段新聞敘述，是採取誰的視角呢？

想一想，有答案了嗎？

答案是婦人，也就是媽媽，由她的立場來說明整個情況。

但有趣的是，如果改成由「爸爸」的視角來說，情況會不會完全不同呢？模擬如下：

新北市一名已婚男子指控，小酌返家後，妻子對晚歸的他辱罵、無理取鬧，妻子新收留的野狗又突然咬了他一口，兩人爭吵越來越嚴重，妻子便拖著兩人七歲的女兒吵著要離婚，男子想拉開妻子的手，不料在場岳母也出手毆打他，他只好奮力抵抗兩人的攻擊。因吵鬧聲音過大，驚動鄰居報警，警方才到場勸誡調停。

是不是有一種各說各話的感覺？以上兩種情況可能都是事實，但因爲兩個人看出去的世界不同，所以就變成了南轅北轍的解讀。

眞相只有一個，事實卻會隨著立場變動。

在寫作時，你可以去思考，在場的其他人，是怎麼解讀這件事的呢？讓自己**習慣「換位思考」**，這可不只是寫作的修煉，也已經是人生的修煉了。

同樣的，在接收某一方的資訊時，也不要急著下定論，多聽聽另一方的說法，平衡一下，也許能更幫助你拼湊出事情的眞相喔！

找出不是人的視角

在剛剛的新聞案例，我說在場共有六個人時，一定有人心中大叫：「慢著，還有一隻狗啊！」

沒有錯，從不是人、而是將動物擬人化揣摩思維來寫的話，常常會有新穎的顚覆。如果我們用狗的視角來寫會是這樣：

我已經餓了好久，雨又把我淋得好冷，好在有個女人把我帶回家，幫我洗澡，給我東西吃。但半夜一個男人突然進到房子，他們像是在吵架，女人好像很討厭這個男人？不行！我要報恩，我要趕走這個男人！於是我往他腳上咬了一口，想要嚇退他，沒想到他竟然狠狠往我肚子攻擊，可惡，這個混蛋……

像這類不是人的視角，其實比起正常人更難寫，因爲我們要擬人，但又不能太像眞人，中間的分寸更要小心拿捏。

有本被譽爲是台版《貓戰士》的《流浪者之歌》三部曲是很好的觀摩，全書用流浪狗、被遺棄的狗、流浪貓爲視角，去看待人類世界的惡行，本來沉重的題材就變得輕盈有趣了許多。

當然除了動物視角，也可以是植物視角、物品視角、外星人視角、神鬼視角等。就像剛剛的新聞案例，如果我們用牆上夫妻的「婚紗照」當視角，是不是會顯得格外諷刺呢？

〈視角力〉是我非常熱愛的寫作練習，透過這練習你會發現，**你的「事實」並不等於他的事實，你的「事實」也不等於事情「真相」**。

當你在生活中，某人無端發怒時，你可以想一想，從他的立場，他看到的「事實」是什麼？才讓他這樣生氣？多些體會，也許有助於消弭爭端。

反過來說，當那個怒氣沖沖的人是自己時，也可以提醒自己，**讓你生氣的「事實」也許並不是「真相」**。多想一下、換個角度，也許你大可不必生氣喔！

視角力訓練

　　自由選擇一個「非人」的視角，來描述一個事件，或一個現象。如果暫時想不到，也可以考慮使用「新聞案例」中的女兒、岳母、鄰居、警察或任一個家中物品來試寫。

　　當你用越多不同視角寫同一個事件，一定可以發現變換視角的魔力所在！

　　給你一個提示，要將視角者的心聲寫得靈活真實，必須要結合之前〈洞察力＋側寫力〉的訓練。模擬將自己帶入視角者的內心，想一想，從他的經歷與思維出發，他會抱持什麼樣的觀點與態度？他會說出什麼樣的內容呢？

　　你是不是有想到一些讓我驚豔的視角呢？歡迎跟我分享喔！在網頁上也能看到我改寫的一篇新穎視角文章喔！

掃描QR碼或輸入網址，與我分享你的練習內容！
https://www.rocknovels.com/wt15.html

人稱力：你我他都是同一人，只是遠近距離的變焦

上一篇講了切換視角寫作，但寫作除了選擇誰來當「解讀故事的人」，還可以選擇誰來當「敘述故事的人」，也就是人稱。

人稱只有「你我他」三種，但三種人稱就會讓故事感受完全不同。

三種人稱效果

第一種，用「我」來寫作，這寫法的優點是人物的情感想法最爲直接，就像說話一樣的寫法。比如倪匡的《衛斯理》系列，就多是採用第一人稱寫作：

我，衛斯理，赫赫有名在我們班級之中。或許，也可以誇張點說，在全校，也略有名氣，古今中外的中學都一樣，低班級的學生要在高年班的同學中也薄有微名，不是容易的事，必須有相當突出之處。我那時年班雖低，可是已經十分惹人注目了。

第二種，用「你」來寫作，這類寫法像面對我們娓娓道來一樣，能拉近了讀者與作者的距離，感染力強。若是說話對象「非人」，則有擬人化的效果。比如朱自清的〈給亡婦〉：

謙，日子真快，一眨眼你已經死了三個年頭了。這三年裡世事不知變化了多少回，但你未必注意這些個，我知道。你第一惦記的是你幾個孩子，第二便輪著我。孩子和我平分你的世界，你在日如此；你死後若還有知，想來還如此的。

第三種，用「他」來寫作，可以客觀的描述，就算換了視角也不易察覺，如果內容涉及多個人物與時空，會是比較方便布局的寫法。比如張愛玲的〈紅玫瑰與白玫瑰〉：

他是正途出身，出洋得了學位，並在工廠實習過，非但是真才實學，而且是半工半讀打下來的天下。他在一家老牌子的外商染織公司做到很高的位置。他太太是大學畢業的，身家清白，面目姣好，性格溫和，從不出來交際。一個女兒才九歲，大學的教育費已經給籌備下了。

初學者同一篇作品都會建議使用同一個人稱，因爲讀者已經習慣了作者敘述的語氣，變換人稱會讓讀者有些不適應；但是對熟練的作者來說，變換人稱是調節與讀者親密度的必備手段。

三種人稱切換

一般來說，用「我」會讓讀者感覺貼近，用「他」會感覺疏遠，如果敘述在「我他」之間切換，則將會產生距離的變換感。下面是「拉遠近」的舉例：

小美，我是妳不合格的男朋友，妳總是這樣溫柔體貼，他這個王八蛋卻只想著自己的事業，沒有回報妳的愛，他這種人根本不配擁有妳的好，他是個只會後悔的大笨蛋……小美，請妳原諒我。

那天，經紀人通知我快去醫院時，你這個大笨蛋滿腦子還想著談生意！死不肯去！你到底在想些什麼啊！現在一切都已經太遲了……等到他去到醫院時，早就都來不及了，小美，我不配，我不配做妳的男友。

這是刻意變換的寫法，扣除「妳」，通篇的「你我他」其實都是同一個人。用「我」雖然感受直接，但用「你」的時候，可以將位置錯開一些，彷彿我們正當面痛罵一個人，指責感更強。

而用「他」的時候，會將距離拉得更遠，就像是一切與自己無關，把自己抽離，把犯錯的當成是別人，自己並不在現場。三者交織出了多層次的情緒感受。

另一種運用，則是「第三人稱」轉「第一人稱」，例如以下的例子：

洛克抱著小美漸漸發冷的身體，胸口還有個不斷冒血的槍傷！他身軀顫抖，爲什麼？爲什麼會是這種結局？不是說好要一起環遊世界的嗎？我們現在就去，好不好？妳起來，我馬上帶妳去，先去香港、再去日本好不好？妳說話啊！妳起來啊！不要丟下我啊！

「他」是距離感最遠的一種人稱，情緒感染比不上「我」，所以當我們偷渡一下，把「他」變成了「我」的時候，距離感就瞬間拉近了。讀者在讀「我」的時候，也如同進入了人物的心聲，而不再是陌生的「他」。

人稱切換是寫作的進階技巧，可以控制讀者閱讀時與人物的距離感，但需要多次練習才能熟練。當你想要「拉遠」或「拉近」感受時，就從人稱著手試試吧！

人稱力訓練

可以自創或任選一段敘事內容，將「第一人稱」改寫成「第三人稱」，或者反過來操作，感受一下同段內容、兩種人稱的距離感差異，也可以練習一下，怎麼運用人稱變換將感受「近拉遠」或「遠拉近」。如果不知道自己的人稱切換是否自然，歡迎與我分享你的練習！

掃描QR碼或輸入網址，與我分享你的練習內容，網頁上也能看到我分享一篇知名案例喔！
https://www.rocknovels.com/wt16.html

演說力：不重要的場景，不需要給鏡頭

你有沒有看過「類戲劇」呢？

像《藍色蜘蛛網》及《玫瑰瞳鈴眼》這類的節目，一集短短兩個小時的播出，就可以演完主角一生從小到大的悲歡曲折，那可能是本土八點檔要播整整半年的內容啊，但用類戲劇呈現卻只要兩個小時，這到底是怎麼做到的呢？

秘密就藏在中間串場主持人的那句：「究竟，這到底是命運的安排，還是情感的糾葛，讓我們繼續看下去。」

寫作時，我們要敘述一個事件，必須先意識到，**我們的文字也是像類戲劇一樣，有「說」的部分。**

說式寫法的時機

當我們要「換場景」「交代過去背景資訊」「略提不重要的劇情」時，就是用**「說式寫法」**濃縮的好時機：

一、過場／換場景：

洛克上網找了清潔工，與她約好時間到家裡打掃。兩人先約在公車站見，碰面後再帶她走到家裡，一路上兩人沒有交談。

此段敘述兩人從外頭走到家中，轉換場景。

二、交代過去背景資訊：

直到洛克看到她手背上的胎記，突然想起了她是誰！她是洛克的小學同學，家境不好，國中畢業後就沒再升學，雖然不曾聯絡，但聽同學提過，她結過一次婚又離了，一個人帶著孩子生活。

此段敘述配角背景故事，精簡地透露資訊。

三、略提不重要的劇情：

洛克問起近況，她大概說了，爲了負擔家裡開銷，所以兼了好幾份零工，家裡爸爸病了，女兒也還小……等事情。洛克就這樣與她聊了兩個小時，最後給了她一些錢，還留下自己的手機號碼，說會再介紹正職工作給她。

此段敘述情節概要，略提不重要、非主線的劇情。

你可以回憶一下，或找一集類戲劇來檢驗，你會發現，當主持人旁白說話時，全都是在這三個時間點出現。

當我們懂得**將不重要的內容用「說式」縮起來，才能把版面留給重要內容**，也就是「演式」寫法。

演說之間的切換

一個成熟的寫作者，在敘事時，必須有意識地使用**「演說切換」**。

重要的、需要看到具體場景的，就用「演式」；不重要的、只要略提的，就用「說式」。而任一個場景，都可以寫出「演」與「說」兩個不同的版本：

說式範例：

李洛克，長相英俊，身高一八九公分，從小開始打籃球，是個籃球高手。個性積極樂觀，現在是籃球校隊隊長，最害怕輸給勁敵湘北隊，現在正要帶領全隊參加夏季賽，目標拿下全國冠軍！

演式範例：

「跳高啊！還偷懶啊！」李洛克在球場邊大叫，「你們再這麼懶散，今年又要輸給湘北了。」

一說到湘北，就讓李洛克氣得全身發抖。

「隊長……我們又不像你長得那麼高……」一個矮子隊員氣喘吁吁地回應，「更何況……」矮子隊員偷瞄了一下球場角落的女生們，人人都目不轉睛盯著李洛克，他心中暗想：「可惡！人帥眞好。」

李洛克「啐」了一聲：「人高就一定會打球喔！牽拖這麼多，我在練球的時候搞不好你還不會跑步勒。」他走到矮子隊員身旁，狠狠拍了他的屁股，笑著說：「跑起來吧！這是變強的唯一方法！有天你也可能當隊長的！」

看著矮子隊員跑遠的背影，他笑了笑，將雙手環成擴音器，深吸一口氣：「目標！全、國、冠、軍——！」李洛克給了全場苦練的隊員們一個充滿幹勁的大吼。

「今年一定可以的！湘北，等著吧！」他心想。

範例中無論「演式」還是「說式」，都同樣透露了洛克的外表、性格、身分、目標，不妨礙資訊的傳達。

在敘事時，寫作者本來就可以自由地選擇要用何種寫法，也應該要有能力自由地切換。

「說式」是寫作的減肥藥，幫文章變得更清爽。反過來說，精彩的段落，記得千萬不要用說的，要痛痛快快地演出來啊！

演說力訓練

請像寫故事一樣，設定一段情節描述，用同一段情節嘗試寫出「演式」與「說式」兩種不同寫法的內容，兩邊傳遞的資訊量必須一樣喔。

如果不想自己設定情節，那就翻書或上網找一段小說的內容，判斷一下這段是說式還是演式，自己嘗試改成另一個版本吧。

想知道自己有沒有做對，歡迎上網分享給我，網頁上還有另一篇我寫的範例喔！

另外你可以思考一下，有時我們可能需要寫一份大綱，特別是投稿故事、小說、劇本比賽也常常要你先附一份大綱。想一想，寫在大綱或摘要的文字，應該是「演式」寫法還是「說式」寫法呢？答案也在網頁上喔！

掃描QR碼或輸入網址，與我分享你的練習內容！
https://www.rocknovels.com/wt17.html

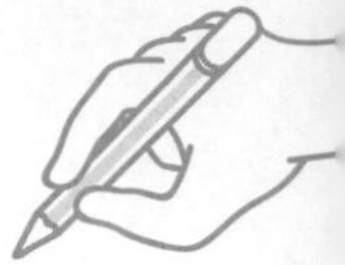

生動力：輕鬆省事用形容，力道增強寫動作

我曾經合作過數位採訪撰稿工作者，每個人寫作的特性都不一樣。這是其中一位筆者採訪一位樂器演奏家後的文稿結尾：

> 能站上舞台表演，對○○○而言，是歷盡千辛萬苦，跋涉千山萬水才有所得，從起初如同在空谷溪壑，只能聽見自己樂器低鳴；直至今天穩健了自身，與其他音色合唱，使迴盪更加宏亮，讓艱辛攀爬的人們聽聞了，能舉目向山頂仰望。
>
> 在○○○眼中，人生乃是裝載無數驚奇的列車，一站接一站，交通不同地域與時空，觀覽沿途人生每一刹那的風光，循環永不止息。他以樂音爲燃不盡的柴薪，挑旺對生命無限的熱情。

請問這段文字中，作者寫到了什麼現實的畫面嗎？

你可能會說，有低谷、有山頂、有爬山的人們、有列車。

但你再細細讀一下，你會發現，以上這些都是筆者對受訪者的**「譬喻形容」，也就是「想像」出的畫面**。

如果你將這段文字中，筆者的譬喻、形容、想像畫線標出來，你會發現竟然占了七成的篇幅，所以內容讀來會有一種華美但虛虛浮浮的感覺。

我要先強調，這種寫法並不是絕對錯誤。

我們最早學作文時，老師也會說要練習「名詞前面加形容詞」或是「動詞前面加副詞」，比如不是西瓜，是香甜的西瓜；不是奔跑，是興奮地奔跑。

接著形容詞、副詞還要升級為「成語」，或者與類疊法、譬喻法、轉化法等修辭法並用，就會寫成一篇考試能拿分的文章。

寫作技術本身並沒有問題，問題是在技術的使用時機與頻率。

對於一篇希望紀實寫作的文稿，我會建議你試著減少形容詞。

動作才是真實

〇〇是先天失明，出生尚未滿月，母親不願意照料，便把她交給她的姊姊撫養。但姊姊同樣是視障，姊妹兩人只能在黑暗中彼此支應，「姊姊餵我吃米糊，我吃不到，流得滿臉、滿衣服都是。」〇〇回憶說。

以上這段，是開頭範例**同一位筆者寫的另一篇文稿**。

你會發現兩篇筆法調性截然不同，最大的差異就在「形容詞」的數量，你可以同樣試著尋找內容中的形容、譬喻、想像，你會驚覺竟然一個都沒有，所以文章讀來才會直接明快許多。

因此，我絕對不是說「形容詞不好，不能用形容詞。」而是要像這位筆者一樣，請你運用得**「能放能收」**。放的時候，如同排山倒海；收的時候，又能不露一點痕跡。

回到上面的範例，雖然沒有形容詞，但是傳達力度依然十足。原因就在於有一句關鍵動作的描述：

「姊姊餵我吃米糊，我吃不到，流得滿臉、滿衣服都是。」

這一句讓整個畫面都具體了，視障餵視障，我的口對不到你的湯匙，你的湯匙也送不進我的嘴，倒得臉上身上都是米糊。

一葉知秋，兩人生活處境可想而知，我們不用再加入「辛苦、悲慘、哀傷」等形容。這一個眞實動作建立的場景，比一千個形容都有力。

形容是走捷徑

使用形容詞最大的缺點是「模糊不精確」。

當我說「小明是個好人」，你心中的「好」跟我心中的「好」定義可能不一樣，這樣的傳達力道就被弱化了。

但形容詞之所以好用，就是因爲它夠快夠輕鬆，無論我們想傳達什麼意思，找一個適當形容詞放進去也算完成了。

如果真的篇幅有限，或者此處不是文章的重點，使用形容詞是一個省力的方式；但要是想讓感受力度強一些，與其說小明好，不如讓讀者親眼看到小明哪裡好，因此我們才要多寫真實動作。

形容：小明很沮喪

動作：小明一口氣幹光了一杯啤酒

形容：小明的機車很爛

動作：小明要騎車時踩了二十分鐘才發動

透過動作、看到畫面；透過畫面，感受處境與心情，這樣會比只寫形容詞更加清楚踏實。

網路上曾流傳「六字微小說」，也就是挑戰用六個單字呈現一個故事。其中一篇是這樣的：

抱歉，大兵，鞋子是成雙賣的。（Sorry soldier, shoes sold in pairs.）

如果我們寫成形容詞表達法，會是：

只有一隻腳的士兵很可憐。

你喜歡形容詞表達法？還是動作場景表達法呢？

電影《蝙蝠俠：開戰時刻》中，主角表面上是一個放浪的富家公子，但暗地裡卻是守衛和平的蝙蝠俠。大家都鄙視表面上的他，他有次忍不住對所愛的人吐苦水，說他不是表面上看到的這樣子。

然而他的愛人（還不知道他是蝙蝠俠）卻回他說：

「你在私底下是誰並不重要，你的行爲定義了你是誰！」

寫作也是如此，當我們要傳遞人物的性格與價值，行爲永遠是最眞實有力的證明。

人生亦是如此，無論我們心中多大的夢想、多好的理念，唯有確實付諸行動，才能真正體現我們的價值。

本章〈理性派文字九力〉，我們依序談了布局、結構、懸念、反轉、轉場、視角、人稱、演說切換、形容換動作，這些我會界定是「具體可用」的硬技巧，它們都像工具一般方便運用，當你使用後、變換後的作品差異也會顯而易見。

但在書寫時，一定有些技巧是要靠細細解讀揣摩才能感覺出差異，也就是「感性滲透」的技術。

下一章起，我們要從「大開大闔」走向「逐步停格」。

生動力訓練

找一篇他人或自己的文章（或是擷取一小段），從中抓出使用的形容詞，並思考如何換成動作呈現，並仍能傳達相同的意思？改寫該文章的形容詞，全都換成具體動作吧。

歡迎與我分享你的抽換，你是由什麼形容詞，換成了什麼具體動作。如果轉換卡住了，也可以上網向我求助！在網頁上還能看到另一篇去形容詞的範例喔！

掃描QR碼或輸入網址，與我分享你的練習內容！
https://www.rocknovels.com/wt18.html

第三章

感性派文字九力：

寫作是情感的滲透

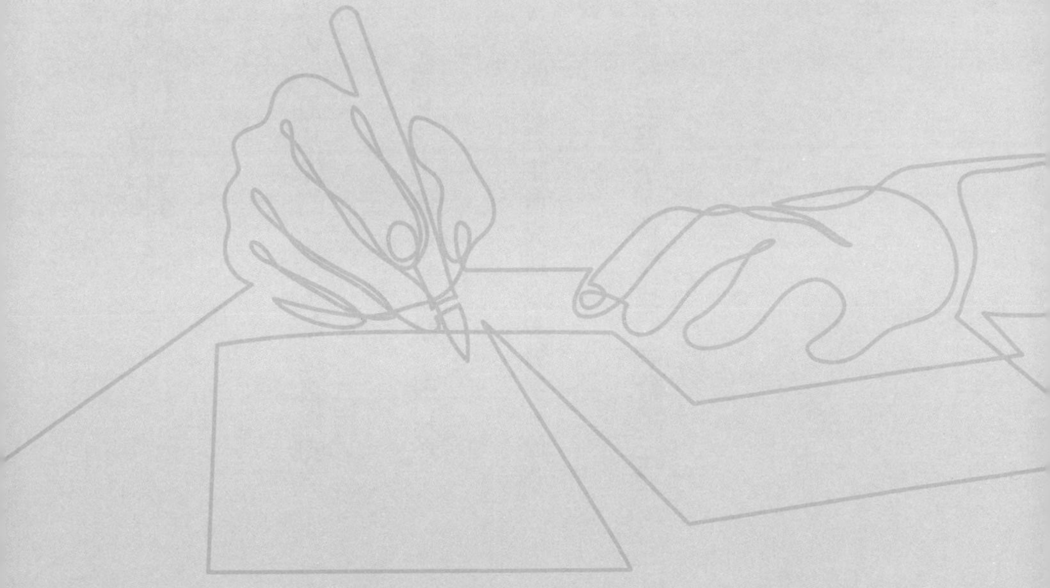

流暢力：我手寫我口，我口讀我字

本章起，我們要來談談讓文章打動人的技巧。最基礎的一招，就是讓你的文章讀來流暢自然。

你可能聽過「我手寫我口」，意指好的文章讀起來要像眞實說話一般自然，但這句話其實只對了一半。

如果你有記錄過逐字稿，你就會知道眞人平常說話中會夾雜太多贅字，除非是精心設計過的演說，不然字句肯定會有冗贅。

因此「我手寫我口」當然沒錯，但還要記得除去贅字。首先我們拿贅字三天王開刀，請你讀讀看下面兩個句子：

「傳來隱約的稀疏的聲音」

「過分的物質享受會造成孩子的虛榮心態」

這兩個句子中都出現了兩個「的」。先嘗試刪去前一個「的」唸唸看，再刪去後一個「的」唸唸看，最後將兩個「的」都刪去唸唸看。你覺得哪個通順呢？

相同的道理，「地」與「了」也是文句中常見贅字，像是：

「他緩緩地醒來，靜靜地觀察四周。」

「我坐了起來，看著四周，拿起了書本，跑了出去。」

以上的「地」與「了」都可以斟酌刪除。

這三個字眼總是被我戲稱爲贅字三天王，它們並不是不能使用，最好的辦法就是**親自唸出聲來感受**，只要讀來通順，不會覺得過度頻繁出現即可。

同理，類似的慣用詞也可以比照辦理，例如：「其實」「然後」「所以」「但」等。只要親自唸過，應該都能感受到它們重複出現時的冗贅感。

適時刪去或抽換詞面改爲「的確」「接著」「因此」「可是」等，就可以避免因重複而讓文氣凝滯。

動腦想怪文法

抓出重複的詞彙替換，不是一件太難的事，但如果是句子文法上的替換，可就常讓人難以抉擇。例如：

「使優美的琴音斷續地傳進窗內。」

乍看之下毫無問題，但如果把句型調換一下，變成：

「窗外斷續傳來優美的琴音。」

讀讀看，兩者給你的感受有何差異呢？

前一句讓琴音帶有一點「被」的意味，它是「被使用」。

而後一句琴音的主動性則強一些，它是句子的主角。

這也是文句敘述的特性，**擺在句末的詞彙往往會是句子的重點（想強調的）**。

因此即便是同樣的句子，當我們選擇把其中的動詞、名詞或形容詞移掉句尾，整個文句的重心也會隨之改變。例如：

「他鼓起勇氣，害羞地、緊張地告白。」

「他鼓起勇氣告白，害羞地、緊張地。」

兩個相同意思的句子，第二句的害羞緊張就明顯被突顯強調。光是一個次序小變動都可以改變句意，更何況還有其他千變萬化的寫作技法，都會造成不同的效果。

在寫作上，本來就**沒有絕對正確的寫法，只有當下情境合適的寫法**。台灣文學作家陳映真就曾在作品〈山路〉中，寫了一段老婦人自述往事的文句：

「我以渡過了五十多年的歲月的初老的女子的心，想著在那一截山路上的少女的自己，清楚地知道那是如何愁悒的少女的戀愛著的心。」

短短三句就用了九個「的」，讀來會覺得非常不順，但大師級的陳映眞爲什麼要這樣寫呢？

寫作時寫得自然流暢，自然是希望讓讀者覺得好讀。

可是如果作者偏偏想讓讀者覺得不順呢？

在此作品脈絡中，老婦人回憶起當年暗戀時的坎坷愁苦，於是作者便故意用如此曲折不順的寫法來傳遞，反而顯得恰當了。

這就是我剛說的：**適合當下情境的寫法**。

當然，以上是比較極端的文學例子。原則上好的文句應該是唸來通暢，才好讓讀者吸收感受。若你堅持要用唸讀不順的寫法時，你應該想一想，**你爲什麼要這樣用？會造成什麼效果？**

怪文法絕不是不能用，而是作者必須清楚知道**「爲何而用」**。動腦想過筆下字句選用編排的意圖，這就是本章「感性文字力」諸般技巧的前提。

流暢力訓練

請找出一份你的散文、小說或者網路 PO 文，試著自己真的發出聲音唸出來，感受一下是否通暢？除了通暢之外，更多修潤的技巧，後續幾篇將陸續談到。

養成唸出自己作品的習慣，基本上就能讓文章的流暢程度提升，我自己在寫作時，也會同步在口中小聲唸出，這是我私人的小秘訣喔。

如果是口語上的贅字或口頭禪，也常常會在寫作中一併寫入而不自覺。這時還有一個小方法：就是使用 Word 中的「尋找功能」，這樣就可以將自己的慣用詞一秒標色，看看自己是不是犯了過多與重複的毛病喔！

本篇是讓你找出你的作品並朗讀感受，所以並沒有指派作業，但歡迎你跟我討論執行上的難點，有沒有讓你猶豫不知道該怎麼改的段落呢？網頁上也有一篇「重點擺後面」的範例文章喔！

掃描QR碼或輸入網址，與我分享你的執行難點！
https://www.rocknovels.com/wt19.html

震撼力：技術只是酒杯，素材才是醇酒

之前提過兩個技巧：〈刻畫力〉與〈生動力〉，請你寫具體、寫細節、寫五感、多用動作取代形容，這兩個技巧都能使讀者宛如身歷其境。

但在「感性派文字力」的章節，我希望你做到的不止是技術層面，而還能有情緒的渲染。

你知道該「怎麼搬」（技術），但還必須知道該「搬什麼」（素材）。

我自己在採訪與寫作經驗中，有得出一個取材體悟與你分享：

「動人作品的本質，來自你生命中的震撼。」

在〈提煉力〉請你嘗試將自己的生命故事搬上舞台；在〈側寫力〉請你練習捕捉小事，由小見大；而在〈懸念力〉則提到，懸念就是「不尋常＋危機」，現在我們就將三者結合一下。

請你思考一下，最近有沒有發生什麼事撼動了你的心靈？或是記憶中有沒有曾發生什麼事給了你很大的震撼？

尋找生活中的震撼

素材是一種魔法，相同的議題只要套上一個感性的素材陳述，那力量足以打穿人心。

這十幾年來，超商便當多次漲價，一個國民便當從四十元飛漲到七十元。當我這樣跟你說，你有什麼感受呢？

也許你心裡只會有「喔，對啊，我知道」，但感受也僅止於此。

我也因為不常吃，對於漲價只會有無可奈何的接受感。直到我看到了一篇電視專題報導。

五十多歲的 X 先生有一份特殊的工作，他是房地產廣告的路邊舉牌員。

大大的廣告木牌如果放路邊沒有人顧，可能會被破壞、丟棄，甚至被罰款。所以他的工作很單純，就是拿著牌子（或顧著牌子）在車流量大的路邊站上一整天。

他站一天的工資只有八百元，低於法定工資，但找不到工作的他哪還有什麼選擇，至少現金日領，他還可以養活還在讀書的女兒，哪怕下雨，他也要穿著雨衣站上一天。

他站的地點總在一些大馬路邊，有些偏僻，連個小吃攤都沒有，所以只能跑去離他最近的超商，買個便當回到牌子旁吃。

一天兩餐，他控制自己的餐費不能超過一百元，當超商便當漲價，他也開始爲難，以前的便當錢現在只夠買大飯糰，但只吃飯糰，下午肚子餓了，他也只能默默忍耐，每天省個十塊八塊，就能多存一點家用費……

當我在電視上看到X先生的生活，這一件漲價的日常小事，瞬間被我的情感給放大且烙印。

理性上我知道，超商漲價是它的自由選擇；但感性上的我，從此只要看到路邊的舉牌員，心中總被這段記憶勾起情緒。

一份好的素材就能帶給人撼動理性的力量。

除了他人故事帶來的震撼，如果是自己親身經歷過的事件，下筆豈不是更能注入形神。

尋找生命中的震撼

我常常幫網友看他們寫的作品，曾經有一次，有位大頭照看起來是高中生的女生，用臉書傳了一首新詩給我。

老實說，我讀了很久，還是不理解她想表達什麼，內容就是一些兩字詞或三字詞，像是：「電視、蘿蔔糕、水水、手機、姊姊……」一詞一行，連續寫了三十多行。

我嘗試從詞彙中尋找一些水面下的通性，但還是覺得太發散。我只能老實傳訊跟她說，很抱歉，這首詩我眞的看不懂。

其實在我沒說出口的心裡，帶有一點小小的負評，我覺得她還不會拿捏跳躍與邏輯的平衡。

這時，她向我解釋，她有一個小她三歲，卻智能遲緩的弟弟，她的弟弟只能用簡單的詞彙表達他的意思，有時說出口的詞想表達什麼，全家也沒有人知道，總要猜個老半天。

於是她將弟弟一天說出的詞全部記了下來，就成爲了這首詩，詩名就叫做〈猜〉。

當時看到她的回覆，我在電腦前像是被雷打中一樣，大受震撼，我爲心中妄自評論的自己感到羞愧。

從此，我對自己說：我只看得到對方的一篇作品、一段文字，但在我沒看到的部分，也許他有著不爲人知的努力與故事，多點溫暖跟嘗試了解，可能就成爲他一點點支撐的助力。

這也是感性文字力的重點之一，好情感往往來自好素材，而**所謂的好素材，就是你內心眞實受到震撼的時刻**。

再多技術，是爲了讓我們可以妥善傳達這些素材。

技術就只是杯子，重點是裡面裝了什麼好料，素材才是茗茶、濃湯或醇酒。有了內容物，杯子才有存在的價値。

震撼力訓練

本篇其實就是結合了〈提煉力＋感受力〉的練習，但不同的是，還要再加上之前提過的文字技術。

請你寫一段內心受到震撼的真實事件（可以是你見聞的他人事件），但請嘗試寫出具體細節、寫出動作言行，足則刻畫情境，反映內心，試著向讀者傳遞你心中的震撼。

每個人感到震撼的事件大小不盡相同，不要怕事小，只要你真心有感，都值得與我發表分享喔。網頁上還可以看到我另一個大受震撼的事件喔！

掃描QR碼或輸入網址，與我分享你的練習內容！
https://www.rocknovels.com/wt20.html

符號力：手捧玫瑰就是愛？刺龍刺鳳就是壞？

如果你在路上看到一名男子手上捧著一大束紅玫瑰，你覺得他正想做什麼呢？是不是會暗自猜想，他應該等等要向心儀之人告白吧！

另一個情境，如果你看到一個男子表面上平凡無奇，但外套一脫，上臂卻有著刺青，是電視裡流氓常有的龍鳳圖騰，這時你會不會對這名陌生男子多了一些謹慎？

這絕對不是先入爲主，或者過度聯想，而是紅玫瑰與龍鳳刺青，與特定人事物之間已經有了一個**反覆被建立的連結**。

這些連結可能建立在眞實生活、新聞報導、影視小說之中，久而久之，它們對大眾來說就成爲了一種符號，所以當大眾一看到它，就會馬上聯想起某種特定印象，像玫瑰代表著愛情，刺青代表著叛逆。

它們雖然不是絕對正確，不一定送玫瑰就是有愛、刺龍刺鳳就是壞人，卻是在寫作上可以運用的技巧。

讓物品來暗示

「一名男子手上拿著一杯咖啡。」

現在，請將「咖啡」這個詞換掉，改成「一名男子手上拿著一杯罐裝伯朗咖啡。」

請問你覺得這位拿著伯朗咖啡在喝的男子，是一個怎麼樣的人呢？試著爲他貼上三五個標籤吧！

想好了嗎？只要直覺就好。

這問題我問過很多學員，答案不外乎是「藍領階級」「不講究的人」「只求方便快速的人」，甚至有些人會貼上「比較會省錢」的標籤。

再次強調，這些印象不是絕對正確。但的確大致符合罐裝伯朗咖啡的產品形象：方便、快速、平價。

現在我們將咖啡換一換，改爲「一名男子手上拿著一杯星巴克冰摩卡。」

這時你覺得這位正在喝星巴克的男子，是一個怎麼樣的人呢？同樣試著為他貼上三五個標籤吧！

想好了嗎？想法同樣是越直覺越好。

這題學員的標籤則多會出現「上班族」「重視享受」「重視品質」，甚至有的人會說「文青」或是「比較潮」。

有沒有發現，當你寫「一名男子手上拿著一杯咖啡」時，我們對這名男子的形象是空空蕩蕩的，但我們只要將「咖啡」改成了「罐裝伯朗咖啡」或「星巴克冰摩卡」，這名男子的形象就多了許多想像。

甚至可以去猜想他會有怎麼樣的人生經歷、經濟背景、品味習慣，光是一杯咖啡就可以暗示許多人物形象，這就是符號的威力。

讓設定來暗示

電影《搶救雷恩大兵》一開場就拍了一幕慘烈的軍隊搶灘戲，士兵們死傷慘重，特別還放了一位士兵被炸斷一隻手的鏡頭。

接著畫面拉回辦公室，一名低階軍官知道有個家庭，四個兄弟都上了戰場，而三個哥哥都戰死了，只剩一個小弟，低階軍官便將這件事往上呈報。畫面中他的長官雖然沒有說話，但畫面中的長官，卻也少了一隻手。

如果電影停格在這，你覺得長官知道了這個消息，他是會往上呈報，還是當作沒事呢？

要做這個判斷，其實可以想一想，爲什麼編劇要設定長官斷了一隻手？編劇想暗示什麼呢？

在前一場戲，我們才剛剛看完搶灘戰，知道戰場的殘酷，也知道上過戰場的軍人，常常會有肢體的缺損，這時長官的斷臂設計，就是暗示長官曾經上過戰場，應該也深知戰場的殘酷。有這樣經歷的人，通常會比較有同理心，自然會再往上呈報這件事。

斷臂的設計，就是透露了經歷，暗示了性格，也合理了行動。

如此說來你會發現，原來戲劇中許多小設計都是有作者的用意。

就如同在寫作時，我們決定寫出什麼、決定將什麼寫細，其實都應該思考，**它能讓讀者讀出什麼暗示呢？**這可是進階的技巧喔！

符號力訓練

請你想想看，如果你要寫一個男人，他是：

1. 結了婚
2. 樂觀開朗
3. 星座是處女座
4. 喜愛戶外運動
5. 具有高學歷

你為這個男人加什麼設定，或讓他配備什麼物品，可以暗示上面這五項資訊呢？

掃描QR碼或輸入網址，與我分享你的練習內容！也可以在網頁上看看我的參考寫法喔！
https://www.rocknovels.com/wt21.html

鍊字力：一字符合情境，一字暗示心境

陳夢吉被譽爲是清末廣東民間第一狀師（類似現在的律師），常爲清寒百姓訴訟伸冤，對抗豪強，智計百出，因而得到「扭計祖宗」的稱號。

周星馳的電影《整人狀元》，正是改編他的生平。

戲中他的徒弟明明無罪卻被判了環首之刑，陳夢吉束手無策，無力挽救。眼看著徒弟在絞刑台上被繩圈套上脖子，陳夢吉臨機一動，衝上前阻止行刑，救下徒弟，並向法官詭辯：「他被判環首『之』刑，並不是環首『死』刑，他的首已經被環了，不放他更待何時呢？」

法官一時之間竟愣住了，陳夢吉趁勢大聲疾呼：「大人，法律就是法律，每個字每個符號都不能改動。」

法官經過討論之後，只好將他的徒弟以「刑罰已經執行」爲由，讓他重獲自由。

看到這，你可能覺得，天啊，也太兒戲了吧！雖然這純屬戲劇效果，但在寫作上，的確光是一個字的使用，就能讓作者煩惱半天。

選字來符合意境

唐朝詩人賈島曾拜訪朋友李凝，半夜有感而做了一首詩，其中一句：「鳥宿池邊樹，僧□月下門。」中間挖空的字，賈島一直無法決定要用「敲」呢？還是用「推」呢？

苦思不得解的他，回家路上還失神撞進了大官的轎隊，被扭送到大官面前，賈島只好如實稟報。

那大官聽完想了想，便說：「鳥宿池邊樹這句，可以看出是在晚上拜訪友人的幽居之地。用『推』字則有些不告而入、唐突擅闖之意，破壞了氣氛。還是該先敲門較為穩妥得當，用『敲』字更好些。」

賈島一聽茅塞頓開，這才知道他撞上的大官人正是當代大文豪韓愈，心悅誠服尊稱韓愈為自己的「一字師」。

由此可知，當我們在寫作時，**勾勒情境不只是要描寫細節，連每一個用字都**

可以思考是否有符合當下的氛圍。

鍊字這招，除了符合情境外，傳達人心細膩情感時也一定要用上。

選字來暗示心境

歌手李玉璽有首自己詞曲創作的歌曲〈沒那麼脆弱〉，歌詞大意講述戀人分開之後，心中明明還思念，卻口是心非說自己無所謂，故作堅強的悲傷情歌，其中有段歌詞是這樣寫的：

這些年我過得算完美　除了一些夜晚我喝特別的醉
但無所謂　真的無所謂　反正我對你　無念
在雨下太□的時候　在獨自一人的時候
不要找我　也千萬別說想我

現在請你想一想，這一句「在雨下太□的時候」，那一個被我挖空的字，它應該是什麼字呢？

現場練習一下，請你想三個字，適合放進這段詞之中。當然，這三個字中，也請你選一個你覺得最恰當的字。最常聽到的幾種猜想是「雨下太大」「雨下太快」「雨下太急」「雨下太慢」「雨下太兇」等。

但現在任務要升級一下，你選擇的字，還必須能暗示出主角的某種心境，你覺得這裡選擇什麼字，最能暗示當事人的心情呢？

要選出最適當的字，就必須將每個版本都思考一遍，感受該字是不是還能輻射出其他的含義，而不只是表面上下雨的意思，若能結合心境，那當然會是更佳的選擇。

假設是「雨下太兇」，我們可以猜想，如果兇的不只是雨，那還能是什麼呢？戀人很兇嗎？好像怪怪的。內心情傷很兇猛嗎？似乎有好一點。

假設是「雨下太慢」，同樣猜想，如果慢的不只是雨，那還能是什麼呢？分手後失魂落魄生活緩慢嗎？還是遺忘愛情、療傷止痛的過程很慢呢？「慢」好像是個不錯的選擇。

最後我們來看看原句，寫的是：「在雨下太重的時候。」

「重」這個字，重的除了雨滴，還可以是什麼呢？可能是心情的沉重，可能是壓抑的沉重，同樣可以讀出其他潛藏的含義。

你再想想，比起「重」這個字，你心中有沒有比它更好的選項呢？

就算有也不奇怪，在用字遣詞上，本來就很難說有最棒最好的字。有的只是作者的意圖。

如果作者想表達的是「傷痛」，可能就用「兇」。

想表達「很難遺忘」，可能就用「慢」。

想表達「壓抑沉重」，那就用「重」吧。

只要符合當下脈絡、情境、心境，作者的意圖能傳達，就是合適的選擇。

像這樣思考各版本細微差異的過程，往往是花最多時間的所在，也難怪會有作家自稱一天修來改去，只能寫十幾個字，原因就是出在這「推敲」的功夫啊！

鍊字力訓練

　　剛剛舉例的「在雨下太□的時候」，現在請你想一想，除了「大、快、急、慢、兇、重」，你還可以想到什麼字呢？當然，這個字要能潛藏其他含義，還要結合歌曲意境與人物心境喔！

　　同時，如果你讀到某段文句的用字，認為此字的選用還有其他含義，也歡迎你節錄與我分享！

掃描QR碼或輸入網址，與我分享你的練習內容！也可以在網頁上看看我為雨選的另一個字喔！
https://www.rocknovels.com/wt22.html

偷渡力：用詞帶成見，選字藏心態

在上篇〈鍊字力〉時說到，要讓你的用字藏有其他含義。**作者鍊字，而讀者尋味**，然而這個「尋味」在歷史上，卻是帝王手中的一把屠刀。

清朝內閣學士，後官拜甘肅巡撫的胡中藻，曾被稱爲是「韓愈再世」，可見文采不俗。但卻因爲參與了朝堂黨爭，乾隆皇帝爲了打擊黨派歪風，便拿他開刀，指出他詩中的字句藏有逆反之心。

那句逆反罪證寫的是：「一把心腸論濁清。」

請你猜猜看，這句話中哪裡有逆反之意呢？怎麼看都只是以分辨濁與清，說明自己的節操罷了。

但乾隆卻是這樣理解，他說：「加濁字於國號之上，是何肺腑？」意思是說，在清朝之前加上濁，代表著胡中藻有仇譏詆罵滿清之心。

這聽起來很像硬凹吧？但乾隆可是眞的憑這神邏輯，將胡中藻抄家處死。這樣的禍事在古代屢見不鮮，也就是俗稱的「文字獄」。

聽完這故事，有沒有很慶幸自己活在現代，文字的巧思只是耐人尋味，而不會惹禍上身？

胡中藻是不是眞的有心用「濁」來諷刺，眞相當然不得而知，但身爲一名熟稔文字運用的寫作者，的確是能靠用字來藏情緒、帶風向、放冷箭，偷渡一些微資訊。

用詞已帶成見

任何文章，撰文者都會有自己的立場，用字遣詞自然也會暗帶風向。就拿新聞來講，如果有天新聞標題是這樣寫的：「李洛克捲入詐騙疑雲，他□□……」

填空的字眼，如果是「澄清」，就表示記者已經先判了李洛克是清白的；如果是用「解釋」「反駁」或「回應」，則算比較中立的用詞；

但若是用「怒嗆」呢？是不是有點在暗指李洛克被揭破醜事、惱羞成怒？要更過分一些，還可以用「狡辯」，表示下標者已先入為主認定李洛克犯案又不承認。

就如同在〈符號力〉所說，事物會有特定的形象。詞彙一樣會有感受上的些微差異：

明明一個人很「膽小」，我們偏偏用「謹慎」，就顯得正向一點。

明明一個人很「節儉」，我們偏偏稱他很「吝嗇」，這就將他醜化了一些。

有個眞實的新聞是這樣下標：「偷買iPhone6被媽沒收　國二生跳27樓亡」。光是標題，記者就已經判了死者有錯，因爲他用的是「偷」這個字，表示它是一個不正當的手段。

如果將「偷買」改成「私買」，會不會更符合新聞報導應該眞實中立的原則呢？

選字已藏心態

在文學的世界，選字偷渡作者意圖與情緒更是基本功夫。

作家龍應台在散文〈目送〉裡有這樣的一段文字：

「推著他（龍應台之父）的輪椅散步，他的頭低垂到胸口。有一次，發現排泄物淋滿了他的褲腿，我蹲下來用自己的手帕幫他擦拭，裙子也沾上了糞便，但是我必須就這樣趕回台北上班。護士接過他的輪椅，我拎起皮包，看著輪椅的背影，在自動玻璃門前稍停，然後沒入門後。」

這段文字是龍應台自述到醫院看望需人照料的父親，但裡面有個「動詞」特別值得被討論，就是「我拎起皮包」的「拎」字。

同樣表達把皮包帶走，她可以寫「我拿起皮包」「我提起皮包」，但她卻用了「我拎起皮包」。

上篇說到，要感受各版本的差異。請你想一想「拿」「提」「拎」這三個字，感受上有何差異呢？

給你一個提示，想一想這三個動詞，哪一個的出力感最輕呢？

這就很明顯是「拎」了吧，像是用一根小指就能勾起皮包，輕輕巧巧。但爲什麼龍應台要選用最輕巧的動詞呢？

厲害的作家，都擅於用選字暗藏心態，這裡的輕，不只是出力輕、皮包輕，更是暗示心態的輕鬆。

有護士接手照顧了，她可以走了，因此心態輕鬆了。

但這樣有些奇怪吧，怎麼會有人暗示自己不用照顧爸爸而感到輕鬆呢？這聽來有些不懂事吧？

沒有錯，就是不懂事。

在全文的脈絡中，前一段是描述龍應台學成歸國，成了大博士，而爸爸只是個送飼料的司機，兩人身分有了落差，所以這一段，龍應台對照顧爸爸透露出了些許不耐。

而最後一段，爸爸走了，她站在火葬場的爐門前，看著棺木緩緩往前滑行，任雨濕了她的前額。

這樣三段編排了作者的情緒轉變，從輕視、不耐到後悔。

你注意到了嗎？「雨濕了前額」其實也是一個暗示啊！

所以別小看了一個「拎」字，這都是龍應台經過意圖與情緒的考量後，做出的精緻安排喔！

現在你應該能理解，古今的文學家們都在忙些什麼了吧？好作品的每一個字都值得讀者細細尋味啊！

偷渡力訓練

字詞選用的練習，不外乎是多從幾個版本中先唸過想過，感受差異。當你無法判斷時，可以嘗試將該字詞「拿掉」看看它在或不在，與原句感受上有何不同！

再來可以嘗試將該字詞「抽換」成近義字詞，看看它變或不變，與原句感受上有何不同！

我必須承認這是個細膩而漫長的練習啊！當你能將「文字推理法」養成習慣來看任何作品，日久保證會讓鑑賞力與寫作力都大幅提升喔！

請你從我剛舉例的〈目送〉那段文字中，嘗試舉出你覺得還有什麼地方，作者故意這樣寫的，同樣是要偷渡自己不耐的情緒。

歡迎上網留言你找到的線索，想看參考答案，也可以在網頁上看到我的解析喔！

掃描QR碼或輸入網址，與我分享你的練習內容！
https://www.rocknovels.com/wt23.html

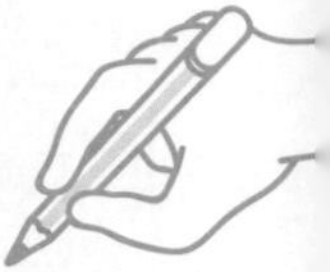

刪簡力：不重要的先拿掉，重要才會被看見

你可能聽過這個故事，有位科學家爲了證明閃電就是在放電，因此在下雨天放風箏引電。他就是美國開國元勛之一，也是政治家、發明家的富蘭克林。

他曾經與英國皇家學會（英國資助科學發展的組織）的學者科林森通信，與他討論關於電學的實驗，其中一封信富蘭克林寫到：

「我已經把這封信寫得太長了，請原諒我沒時間把它縮短。」

好矛盾喔，不是沒時間的人才只好寫短一些嗎？怎麼富蘭克林會說他沒有時間縮短呢？這麼說來，短文豈不是比長文更花時間囉。

有趣的是，美國第28任總統伍德羅．威爾遜也曾說過類似的話，有人問他，準備一份兩小時的講稿要多久呢？他回答：「不用準備，馬上就可以講。」

但那人又問他，準備一份十分鐘的講稿，要花多少時間呢？伍德羅．威爾遜卻說：「要兩星期。」

十分鐘的演講反而準備得比兩小時的演講更久，這說明了**越精粹的內容越需要費時提煉**。

而南北朝文學評論家劉勰的著作《文心雕龍》書記篇中也寫到：**「意少一字則義闕，句長一言則辭妨。」**是指文句少一字則意思不完整，多一字又顯得累贅。這不能多也不能少的文句精煉程度，是寫作者應該追求的境界。

由此可知，寫得簡短扼要其實比寫得豐富要難多了。學著刪簡，就是本篇的任務。

刪無關字詞

在〈深讀力〉時我提過，文章會有作者的意圖。當你在創作時，同樣要先理清楚本文的目的是什麼？你的意圖是什麼？

假設你要設計一份橄欖油的銷售文宣，必須寫出「使用進口橄欖」，你查了一下橄欖的原料資料，發現橄欖是來自於義大利或西班牙。

請問你會在文宣上寫「使用進口橄欖」還是寫「使用進口義大利橄欖」？對於一般民眾來說，義大利是國際知名的橄欖產地，特別標注能幫產品加分，當然要寫上去。

但如果你查了原料來源，發現橄欖是來自於相對落後、不知名、成本低廉的國家，你還會選擇把產地寫上去嗎？還是就只寫「使用進口橄欖」就好？明明橄欖本身是好的，如果因產地引來不必要的誤解，這不是很可惜嗎？

在生活中，**刪簡不必要、易被誤解的內容是人的本能**，在寫作上也是相同的道理。

如果文宣的目的是銷售，筆者的意圖是創造好印象，這時與目的意圖無關的字詞，甚至有負面影響的字詞就該刪去。

同樣的，刪簡文章字句時，最重要就是時時問自己：**多了這個字／詞／句或少了這個字／詞／句，哪一種更能達成你的目的呢？**由此來決定字／詞／句的存留。

刪無關素材

把這刪簡原則從字／詞／句擴大到素材或段落也是相通。

我曾經採訪過一位視障媽媽，她是二十幾歲才全盲，所以她的痛苦更是加倍，以前看得到的一切，現在都只有黑暗。

在短短約五千字的篇幅，我必須編排出她人生的重大事件，成長經歷、因病失明、失去工作又被老公拋棄、獨力扶養年幼的女兒、重新振作學習、她與女兒的情感、到現在知足的生活。

但是問題來了，她在受訪時透露了，家中曾經陷入經濟困境，有一部分的原因是她當年沉迷於地下簽賭。

如果你是我，你知道了這件事，會不會把這件事寫出來呢？

這時的考量又回到了思考作品的目的與意圖，我們當時是有感社會紛亂、人心浮躁，希望可以製作一系列感人勵志，走出人生低潮的故事，爲社會帶來正能量。

雖然這段簽賭的經歷也能寫成極具教育意義的素材，但在有限的字數下，還有更多值得放入的素材，這段內容最後還是刪去了，把篇幅留給了她與女兒之間的情感，**集中火力朝我們的意圖推進**。

刪簡，**不止是讓讀者別被分心，也是要讓留下的內容成爲重點**。少即是多，有時比起思考該寫什麼，更需要斟酌的是思考不寫什麼。

有時選擇不做，比選擇去做更需要勇氣與智慧。

刪簡力訓練

最好的刪簡訓練應該是拿自己的文章開刀，但怕你暫時下不了手，所以我們就以本篇〈刪簡力〉為例，請你想想，本篇內容你認為哪一句或哪一段是可以刪去的？為什麼？

請一定要將原因寫清楚，證明你有經過思考，而不是只寫一句「我覺得不需要」，要說清楚為什麼不需要喔！

掃描QR碼或輸入網址，與我分享你的練習內容！也可以在網頁上看看我的另一個刪簡的案例喔！
https://www.rocknovels.com/wt24.html

親疏力：語氣有親疏，用字有強弱

你有沒有看過主播的新聞稿，或者是大型企業或政府官方的聲明稿？它們可能會長這樣：

「原訂於今日中原標準時間十五點三十分發射的火箭『故事一號』，因天候不佳之緣故，將延後至明日發射，歡迎闔家蒞臨觀賞。」

非常的正式、文謅謅。但如果是你要跟朋友轉達這個新聞，你口中說的可能是長這樣：

「本來今天下午三點半要發射的火箭『故事一號』，因爲天氣不好所以改成明天發射了，歡迎你們全家一起來看。」

這兩者因爲「正式」與「口語」的差異，造成了閱讀者距離感的遠近。除了前三篇講的選字用詞會影響感受，行文的筆調語氣，作者同樣可以感受它並修潤。

疏遠與親近

我們回頭解析一下，火箭的兩個版本有哪些差異：

- 「原訂」改成「本來」
- 「今日、明日」改成「今天、明天」
- 「中原標準時間十五點三十分」改成「下午三點半」
- 「因」增成「因爲」
- 「天候不佳」改成「天氣不好」
- 「之緣故，將延後至」省略修改爲「所以改成」
- 增加「了」
- 「闔家蒞臨觀賞」改成「你們全家一起來看」

整理一下就知道，如果要將語調從「疏離」變爲「親近」，我們可以：

一、將冷僻少用詞彙改成生活常見詞彙
二、將文言或嚴肅說法改成白話或通俗說法
三、減少虛詞（且、若、之、已），增加語氣助詞（了、啊、吧、呀）
四、從第三人稱（無在場者），改爲第二（有聽話者）或第一人稱（有說話者）。

新聞版的說話者，像在說一個與他無關的內容，也不像對特定某人說話，而是像在宣告一件嚴肅的事，自然聽起來冷冰冰。

而口語版的說話者，就像是一個朋友當面在對「你」說話，自然、好懂、簡潔，說著一件生活常事，所以聽起來會覺得親近。

行文除了有遠近之分，還能看出情緒的「強勢」與「弱勢」，當事人地位的「高」與「低」。

強弱與尊卑

還記得以前當兵時，最先遇到被糾正的地方，就是當長官命令你：「等一下把水桶搬過去。」你必須說：「是！」而不能說「好。」

「是」跟「好」有什麼差別嗎？雖然都是答應，但「是」卻比「好」多了幾分遵從的意味，有上下之分。

所以當年只要不小心說了個「好」，班長馬上會大聲喝斥，時時刻刻都要讓我們把「服從」刻進骨子裡。

回到職場或學校，假設有個裁紙刀是大家共用的，你請同事或同學遞給你，在他給你的同時，他說了聲：「拿走。」你心中會有什麼感覺呢？

或者，要是他說的是：「拿去。」

「拿去」跟「拿走」，你覺得哪個感覺比較兇、比較強勢呢？

再來一個情境，曾經有人在網路討論區發問，她說，資深的前輩幫她做了一件事，她當時就順口說了一句：「辛苦了。」結果對方聽了當場變臉，訓斥她：「這不是妳該說的話！」

你可以察覺出前輩爲什麼生氣嗎？

要是換句話，改成說：「謝謝你。」會不會比較好呢？

「辛苦了」跟「謝謝你」，你覺得哪個感覺說話者在高位呢？

生活中語調的切換，是每個人內建的技能。回憶一下，你對上位者說話的態度，與平輩、後輩肯定不同。你對服務生的態度，與對重要貴賓的態度一定也不同，寫作上也是，必須察覺且依照情境修改。

特別現在都習慣用文字訊息來溝通、用公開貼文來互動，親疏、強弱、尊卑的細膩感受一定要再三揣摩。

一有不慎，可能「寫者無意，看者有心」，小心惹怒了朋友、同事、長官卻沒發現喔！

親疏力訓練

請看下面三題的 AB 版本，請問哪一版比較生氣呢？

第一題：

A. 怎麼這麼晚才回來？

B. 現在都幾點了你才回來！

第二題：

A. 現在打算怎麼做呢？

B. 你現在想怎麼樣？

第三題：

A. 我是在你們家買的，買了你又說這張優惠券不能用？

B. 我是在你們家買的，但是卻說這張優惠券無法使用？

找出答案很簡單。但本篇真正的練習是：**請你找出三組答案的共通之處，嘗試解析一下讓文句讀起來比較生氣的秘訣吧！**

掃描QR碼或輸入網址，與我分享你的練習內容！也可以在網頁上看看我的說明喔！
https://www.rocknovels.com/wt25.html

節奏力：梳理才好讀，簡化才好懂

「你的作品讀起來很悶。」

有個網友深夜傳訊給我，這是同學看完他的作品，給他的評語。他已經思考了好久，也嘗試修改內容，但他不管怎麼改，同學就是覺得無聊、看不下去。

「就是覺得讀不下去，不知道爲什麼。」

我想這是很多寫作者都會害怕遇到的問題，無論是寫小說、寫文案、寫社群貼文、寫部落格文章，只要你的文字讓人覺得無聊沉悶，寫得再用心都無法被人讀完。

其實讀不下去的問題往往不在內容，而是在一個小地方：**「節奏。」**

聽音樂的時候，我們很容易分辨節奏的快慢，然而文字也有節奏嗎？又要怎麼控制呢？

字句的理解時間

你有沒有想過，當一個句子進入讀者的眼中，他需要幾秒（也許是零點幾秒）理解呢？

我們來看一個小說段落，描述女主角在戰亂中逃避日本兵的追殺：

一顆子彈從耳邊飛過，她連忙撲倒，右邊又是轟一聲巨響——砲彈炸裂。

「中国の豚！」

她來不及思考，抬頭就看見一個日本兵舉起刺刀刺向她。

「啊！」

她翻身滾開、驚慌喘氣，左右又跑出兩個日本兵按著她。

「滾開！滾開！」

她還想掙扎！其中一人槍托往她頭上狠狠一敲，砸出了血。

以上算是快節奏的寫法，你可以說出爲什麼這樣的寫法會「快」嗎？

如果還沒辦法，沒關係，快慢是一種相對概念，我們來看一段慢節奏的寫法，你一定可以抓到兩者的不同：

一顆子彈從耳邊飛過，她連忙撲倒，她想起她爹最後交代的話——有槍聲就趴倒有敵人就裝死。她跟爹已經三天不見了，爹不知道怎麼了？娘跟弟弟不知道怎麼了？混亂是她腦中唯一的裝載，戰場烽火四起照耀她兩眼的無神，原本每天都會經過的黑石子與白石子的高挺圍牆上面畫著國家的標語與旗幟也塌了，右邊的小路上本來有些以前最喜歡在下雨天積水時跟幾個小孩在那玩踩水的小坑洞現在被炸成了大洞，滿天轟隆隆的日本戰鬥機這就是我們號稱必勝的第八軍團現在卻已經退走，戰力懸殊的軍隊與國家放棄了可憐的我們人民在受苦。右邊又是轟一聲巨響——砲彈炸裂。

以上這段故意寫得很拖的慢節奏版，應該讀起來很累、很慢吧？

你有沒有發現，慢節奏版兩百五十字的內容，其實只是快節奏版第一句的內容？文句長短差異只是兩版呈現的表象，真正的重點是，慢節奏版很難讀，也很難讀懂。

人類的大腦很單純，密密麻麻的內容，讀起來就慢，所以為什麼寫作需要用標點符號來斷句、分行、分段。也是為了讓文字讀起來條理分明，區隔明顯，一目瞭然，讀起來速度就快了。

但是只靠斷句、分行、分段就可以讓文字變好讀嗎？

當然不是，這些編排都只是**「量的梳理」**，要好讀還必須有**「質的簡化」**。

當一個句子開始，變長、倒裝、修辭複雜，讀者當然就需要**重新在腦中分句、正裝、還原，理解速度就慢了**。

當文句越難讀，且越難讀懂，讀者就要花越多的時間思考（即便他沒有意識到），一整篇讀下來都是如此，自然就心浮氣躁了。

字句的內容組成

另一點還有文字內容的組成：

慢節奏版：用的是獨白、意識、感受，這些是屬於相對抽象的內容。

快節奏版：用的是動作、聲音、畫面，這些是屬於相對具體的內容。

一個是我看到、我聽到就能秒懂；一個要想一想、揣摩體會一下才能明白，哪一個會讀來有暢快感呢？當然是具體的內容囉！

你可以回頭再看一遍快節奏版，裡面其實連一個形容詞都沒有，全是一個又一個的具體動作，全都可以想像出畫面，這就是快節奏的秘訣。

如此說來，我們是不是都該用快節奏寫法，而少用慢節奏寫法呢？

絕對不是喔！如果你的內容是一段沉重的感情敘述，那就可以使用慢節奏寫法，多讓讀者停留與感受。

如果你的內容是快節奏的敘述，那你應該將句子寫短，多用短段落，多寫具體畫面，如此就可以創造閱讀的暢快感。

未來要是再聽到有讀者說你的作品很悶，除了修改內容外，不妨嘗試修改節奏這項武器吧！

節奏力訓練

本篇來一個閱讀練習，請上網找幾篇「純文學」作品速覽，再找幾篇「網路小說」或「輕小說」作品速覽。

重點不是要你去研讀，而是看看更多快節奏與慢節奏的作品實例，試著說出兩種節奏差異與寫法模式吧！

掃描QR碼或輸入網址，與我分享你的練習內容！也可以在網頁上看看我的說明喔！
https://www.rocknovels.com/wt26.html

運鏡力：文字就是畫面，接續就是運鏡

小說家九把刀曾經在書序中提到自己的創作法，他說：

「我是從小用漫畫、小說跟電影養大自己的孩子……我會稱自己是用漫畫的分鏡，再加上電影的節奏感，去進行寫作的。」

這也說明了，爲何九把刀的作品總被稱讚畫面感十足，讀他的小說就像看電影一樣。

電影比起文字要精準太多了，成品就是我所呈現給觀眾看的樣子，拍什麼、從哪拍、拍多久，觀眾的畫面全被導演掌控；但文字敘述，卻往往讓讀者保留更多的想像空間。讀者可以自由控制閱讀的時間，這段想多讀一遍、讀慢一點，或是這頁想快點掃過，全由讀者決定。

回過頭來講，文字雖然無法精準控制讀者所形成的畫面，但能不能在某種程度上，達成相近的效果呢？

本篇我們就來談文字的畫面感，先看一下魯迅的散文《秋夜》節錄：

「在我的後園，可以看見牆外有兩株樹，一株是棗樹，還有一株也是棗樹。」

這要是出現在小學生的作文上，肯定會被老師打叉，然後改成：

「在我的後園，可以看到牆外有兩株棗樹。」

爲什麼魯迅要這麼寫呢？有人說這刻意重複的寫法，表達了魯迅的無聊、孤寂心境。

但如果我們先別管心境，只用腦中浮現的畫面感受，後者是一種直接映入眼簾的畫面，而前者卻多了「視線推移」的感覺，雙眼所見由一側慢慢掃向另一側。由此，我們先可以建立一個觀念，**文句的敘述其實就是你的掌鏡**。

鏡頭的推移

再看一個範例：

「我注意到他的手指有些粗糙，拳頭指節隆起，小臂上鋼條般的肌肉有著一條長疤。」

如果將這句話用連續鏡頭呈現，那拍攝的畫面就依序是：手指、拳頭、小臂，隨著文句的閱讀，讀者腦中畫面也將如鏡頭般由下往上移動，若你的文句畫面跳躍，讀者腦中畫面也會隨之跳躍。

「劉德華像個優雅的紳士走來，臉上掛著迷人而神秘的笑容。」

這段的畫面變換則是：一個全身或半身的中長距離鏡頭，下一句則跳至臉部笑容的特寫鏡頭。

意識到了嗎？**你的字句正在創造畫面。**由遠至近、由近至遠、遠近交錯都會有不同的感覺。

鏡頭的特寫

換行也可以有些花樣，看兩個版本的例子。

A他在月光下潰堤。

B他在月光下——
潰堤。

A版本的感覺就像是中長距離的鏡頭，拍著一名月光下的男子，整身或半身都在畫面之中。

B版本的換行將「潰堤」單獨而簡短的呈現，讓畫面變得簡潔而集中，畫面也從上一句月光下的中長鏡頭，拉近成下一句情緒潰堤的特寫鏡頭。

這種寫法尤其在網路文學盛行。特別單行呈現的短句，猶如一個特寫，爲小說創造了強烈的畫面感。

許多人在修改自己作品時，只想到要潤飾修辭與詞彙，他們不會**將自己當成一個導演，改良文字傳遞的畫面**。

本篇就是要請你用全新的視野去看自己的作品。你是在創造畫面，你的字句將讓畫面接連出現。你應該好好安排畫面的銜接、移動、視野，用心推敲每一個「畫面」。

「感性派文字力」九篇說完，不知道你有沒有察覺到這九篇其實都是在講同一件事？那就是「感受」。

感受每一個文句微小變動的差異，文法、字眼、詞彙、刪簡、語調、長短、行段、文句接續、內容組成等。

除了自己的感受之外，還要推想讀者的感受，**力求讓我們想傳達的，可以精準、完整的讓讀者接收到**。

時時將讀者放在心中，用細膩的心爲他們精雕文字，打造圓滿的閱讀體驗，就這是〈感性派文字九力〉想與你分享的技藝。

接下來，要進入本書的最後一章〈玩轉文字十三技法〉。經過前三章打穩根基、剛柔並濟之後，希望有爲你打通一些寫作關節。

在第四章中，我想讓你知道文字玩起來的樂趣，它們可能只是一些微末技巧，但我一直深深相信寫作不該是死板板、正經八百的。

也正是這些玩弄文字的巧思，才爲作者創造了趣味、爲讀者創造了況味。

運鏡力訓練

請你運用文句接續創造畫面的概念，寫兩段文字：第一段必須是由近景到遠景，另一段則是由遠景到近景，而第二段的最後還必須使用短句換行的特寫手法喔！

掃描QR碼或輸入網址，與我分享你的練習內容！也可以在網頁上看看我的參考範例喔！
https://www.rocknovels.com/wt27.html

第四章

玩轉文字十三技法：寫作是凡人的奇蹟

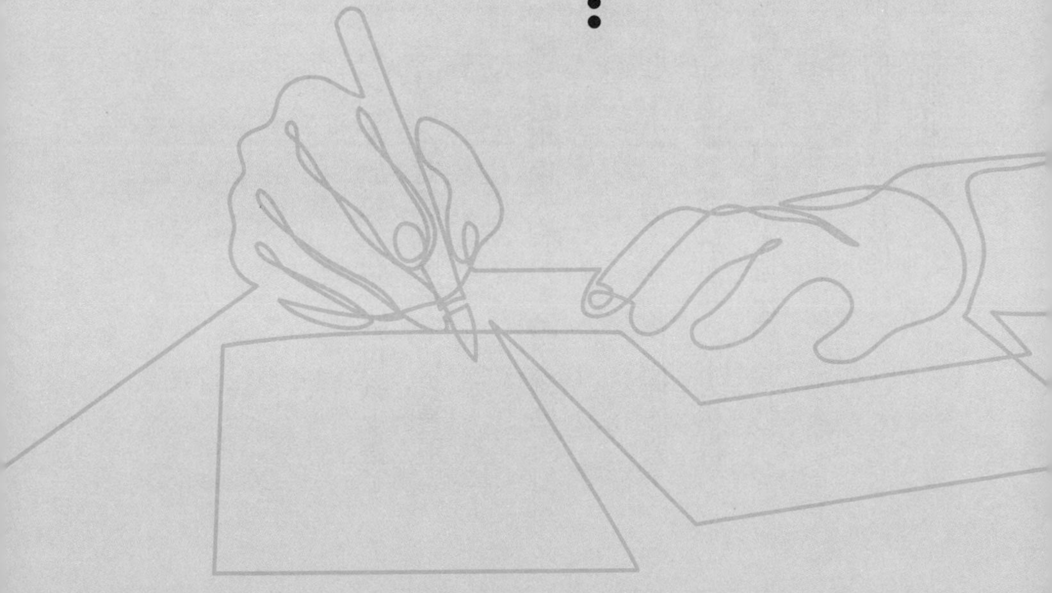

象徵法：你寫的不是文章，而是生命篇章

周星馳的電影《食神》中，女主角雞姊愛慕食神，於是先在一張白紙上畫了一顆愛心，再拜託食神可不可以也畫一顆愛心，再畫一支箭穿過它，代表著兩心串連，讓她可以留作紀念。

可是食神心中對雞姊沒有感情，當然不肯囉，還用傷人的話大罵了雞姊，但下一秒，雞姊就爲了保護食神，被殺手一槍打死。

逃過一劫的食神，事後手中握著那張雞姊給的紙卡，一個人在半夜後悔痛哭。

到了電影最後一幕，雞姊再次現身，食神才知道她竟然沒有死，兩人相視，食神也不多說話，只把紙卡還給雞姊，上面已經畫好了兩顆串在一起的愛心。

每次講到這裡，我都會問聽眾：「請問最後的紙卡代表什麼？」

答案說法雖然不盡相同，但核心是一樣的，那就是「愛」。

紙卡在故事中，就成爲了愛的象徵。

比起兩人重逢後，上前擁抱、熱吻、滾床單，這種直白的呈現。象徵法明顯餘韻綿長，且優美多了。

自創連結的象徵

在〈符號力〉中，我談了用事物的刻板印象來暗示，比如紅玫瑰常常與愛情連結。但難道紅玫瑰就只能是愛情嗎？我不能自創連結嗎？

當然可以，只要補充一點情境與脈絡。

如果我跟你說，一位男生拿紅玫瑰跟女生告白，兩人順利交往，對這女生來說，紅玫瑰就代表愛情。

但是，如果女生有天發現，男生拿著紅玫瑰跟很多女生告白過，是個劈腿慣犯，對這女生來說，紅玫瑰就代表欺騙與背叛。

又或者，男生手捧紅玫瑰外遇時，被女生當場抓包，男生惱羞之下給了女生一個巴掌，這時對女生來說，紅玫瑰就代表傷害。

讓事物在不同的情境下被運用，就會被賦予新的象徵意義。

一物兩用的象徵

要是能「一物兩用」更是高明，如果上面的舉例被拍成戲劇，最後女主角被甩了一巴掌的時候，如果手上正緊緊抓著紅玫瑰，手心被玫瑰莖刺出了血，紅玫瑰是不是還達成了雙重意涵呢？

成也玫瑰，敗也玫瑰。愛讓我們歡愉，但也帶來了傷害。

在運用象徵法時，想想象徵物的另一個面向，也許可以讓意義更豐厚喔！在此整理一下象徵法的運用訣竅：

一、讓情感場面有個動作或物品出現

二、讓此動作或物品出現兩次以上

三、若能讓事物再次出現時，象徵的情緒或情境與之前不同會更好

還記得我小時候看過一齣韓國電影《有你眞好》，七歲的頑皮小男孩被送到山上，由不會說話寫字、行動不便的外婆照顧。

小男孩總是嫌外婆笨，對外婆發脾氣，但外婆不會說話，只好不停用手在胸口畫圈，表示抱歉。

故事中，經過多日的相處，小男孩也漸漸明白了外婆對他的愛，但脾氣倔強的他還是不懂表達。

到最後，母親要接回小男孩，他與外婆要分開了，直到他坐上公車，還是沒有跟外婆說任何話，但他的內心是有很多不捨想說的。

公車即將開走時，小男孩才從車窗對著外婆，比出相同的胸口畫圈手勢，車子慢慢開走，而觀衆也流下眼淚。

這就是讓象徵的「前後情境不同」，同樣是抱歉，前面是外婆的慈愛，後面是小男孩的懺悔，讓這個動作成爲了電影中的哭點炸彈。

以前流淚的我，長大後才明白，原來這就是「象徵」的魔力。那些不開口說的，永遠比較美。

象徵法訓練

　　我曾經設計過一個活動，請學生上台說說自己的個人故事，但必須事先準備一個跟故事有關的關鍵物，當故事說到最精彩的高潮或轉折，就將關鍵物展現出來。

　　這個活動的成效出奇的好。

　　有人展示了生病時，同學折給她的祈福紙鶴。
　　有人展示了自己的先天殘疾，開刀後的傷疤。
　　有人展示了自殺的朋友生前幫他買的包子。

　　這時物品已不再是物品，它其實是友情、堅強與遺憾。
　　現在，請你找一個自己生命故事的象徵物，說一個有關鍵物的故事給我聽。只要你願意留言，我也會用我的生命經歷真摯地回覆你。

掃描QR碼或輸入網址，與我分享你的練習內容！
https://www.rocknovels.com/wt28.html

情景法：寫在狂風暴雨時，寫在春光明媚時

我的很多學員都很害怕寫風景、寫場景。問題通常有兩種：

第一、不會寫。

這種學員其實是缺乏〈刻畫力〉的練習，只要從具體、細節、五感來嘗試，慢慢都能寫出具臨場感的場景。

第二、不知道爲什麼要寫。

當摹寫場景對你已經不成問題的時候，你忍不住會想，那我該寫到什麼程度呢？我寫這些會有人想看嗎？寫景拿捏就會變得舉棋不定，懷疑它的意義。

的確，我有看過一派的寫作觀念是「不需要寫太細，只要寫重點即可」。他們的觀點是，因爲早期讀者比較缺乏「有畫面的作品」，所以非常需要看到鉅細靡遺的畫面細節，幫助他們想像場面。

而現代的讀者有漫畫、動畫、影視、遊戲等「有畫面的作品」，他們已經很擅長借用過去看過的畫面來聯想文字畫面。所以對新時代讀者來說，只要提重點即可，**他們有能力自己想像，而且會想得更好**。

但我自己在寫景的時候，除了去思考畫面感的問題，我還會去思考作者或作品情感的問題，簡單來說就是自問一句：**這個場景我想傳達什麼情緒？**

寫景就是寫情

在學校時，有些老師會讓學生區分文字是作者的客觀摹寫，還是作者的主觀抒情。這表示有些字句可能是作者客觀、不帶感情的書寫，聽起來滿合理的吧？但清末國學大師王國維在《人間詞話》一書中，卻說：「**一切景語，皆情語也**。」也就是：哪有什麼純寫景，每個寫景的人其實都有情緒藏在裡面啦！

舉一個好懂的例子，唐詩人李商隱有個名句：

「春蠶到死絲方盡。」

你覺得李商隱就只是單純在說：蠶會一直吐絲直到死爲止，還是覺得李商隱有在暗示其他意思呢？

如果你還不敢斷言，沒關係，接著的下一句更明顯：

「春蠶到死絲方盡，蠟炬成灰淚始乾。」

將兩句接著讀，你會覺得李商隱只是客觀描述蠶吐絲與蠟燭燒光的情形嗎？看過〈鍊字力〉的你肯定已經看懂了，尤其「淚」這個字更是大大露餡。如果你再敏銳一些，可能還會發現「絲」與「思」是同音字。

這時我們挑字整理一下，原句可以變成：「到死成灰，方始思盡淚乾。」如此看來，你說李商隱這是景語還是情語呢？

同景不同情緒

如同在前一篇〈象徵法〉提過的，**不同脈絡情境，會讓象徵物有不同含義**。就比如秋天好了，你腦中第一個想到關於秋天的詩句是什麼呢？

可能是王維的「空山新雨後，天氣晚來秋。」傳達的是清新空靈。
可能是辛棄疾的「欲說還休，卻道天涼好個秋。」傳達的是無奈看透。
可能是杜牧的「霜葉紅於二月花。」傳達的是愉悅與生命力。
可能是秋瑾的「秋風秋雨愁煞人。」傳達的是憂愁與悲憤。

有沒有發現即使是秋景，但作者卻依然有千變萬化的情緒？所以在寫景或物的時候，首要就是**注意景物的少數特點，找出能符合心情的特點來連結書寫**，就可以達成寫景傳情的效果。

例如「珍珠項鍊」有何特點呢？它有一粒一粒被線串起來的珠子，這可以怎麼發揮呢？

余光中的《珍珠項鍊》就以「珠」與「線」來聯想，表達與妻子結縭三十年的感情，他說：

「每一粒，晴天的露珠／每一粒，陰天的雨珠／分手的日子，每一粒／牽掛在心頭的念珠……全憑這貫穿日月／十八寸長的一線因緣。」

看到這你應該總算明白了，原來寫景與寫物也是一種象徵的表現形式。所以下次寫景物的時候，可以想想，你想傳達的情緒是什麼？在場有什麼景物可以象徵呢？用你的場景爲情緒助攻喔！

情景法訓練

請你嘗試描寫花的樣貌，並試著表達出四種不同的情緒：開心、生氣、悲傷、害怕。

四種情緒的場景、花種都可以不同，也不需要接續著寫，可以是四個獨立的段落，只求讓自己可以用最少的字數，在描述物品或場景時，同時也透露了情緒。

如果你能練成這招「一物能寫四種情」，寫作功力保證再升一級！我還為你在網頁上準備了一則超經典的名家寫花範例喔！

掃描QR碼或輸入網址，與我分享你的練習內容！
https://www.rocknovels.com/wt29.html

造色法：世界上有一種顏色只屬於你

不要查網路，不要翻書，就憑你的記憶來寫所有你知道的顏色，你能寫出多少種顏色呢？

我曾經在班上玩過「顏色接龍」，一人講出一個顏色，不能重複喔！

有的人起手先會背出紅、橙、黃、綠、藍、靛、紫這彩虹七色，接著再補充黑、白、灰、金、銀、粉紅、咖啡等常見色，接下來可能會越來越困難，會說出暗紅、淺灰、桃紅……越來越冷僻，這也差不多是一般人的極限了。

高中時，老師教到《老殘遊記》的「明湖居聽書」時，總是會聚焦在作者劉鶚多擅長將抽象的聲音具體化摹寫。

同時也會點出其中描寫白妞的一句：「那雙眼睛，如秋水，如寒星，如寶珠，如白水銀裏頭養著兩丸黑水銀。」說這一句將眼睛寫得多麼傳神。

經過這一課之後，我們總記得劉鶚多會寫聲音，但卻不知道，他其實更是寫顏色的高手，這段的「白水銀裡的黑水銀」，只不過是劉鶚小露一手罷了。

時間拉回讀中學時，早就有一課《老殘遊記》的「大明湖」，這篇就可以看到劉鶚的寫色功力，只是往往年代久遠，大家常會忘了自己讀過這段。

其實這兩課在《老殘遊記》都同屬第二回〈歷山山下古帝遺蹤　明湖湖邊美人絕調〉。如果你已經畢業很久，肯定忘了內容，現在讓我幫你回憶一下其中一段：

「只見對面千佛山上，梵宇僧樓，與那蒼松翠柏，高下相間，紅的火紅，白的雪白，青的靛青，綠的碧綠，更有那一株半株的丹楓夾在裡面，彷彿宋人趙千里的一幅大畫，做了一架數十里長的屏風。」

現在，請你找一下，光是上面這段劉鶚就寫了多少種顏色呢？

除了火紅、雪白、靛青、碧綠之外，蒼、翠、丹也都是顏色。

有沒有發現先扣掉後面三個生活中比較少提的顏色，前面四個顏色是不是就能讓顏色接龍再多接四個呢？

要是你再學了下面的招式，搞不好還可以再接出一百種顏色呢！

用具體創造顏色

如果你見到一種從沒聽人形容過的顏色，現在你要向人轉述，你會怎麼說呢？應該會很直覺地說出它像什麼的顏色吧！

你可能會說：「它像中藥材乾棗子的紅色。」賓果！棗紅色就誕生了！

你可能會說：「它像豬肝一般的紅色。」登愣！豬肝紅就誕生了！

你想剛剛的火紅、雪白也是相同的道理。像火一樣紅，像雪一樣白，全都是譬喻的縮短啊！

你也別說我瞎扯，你可以進入「線上服飾電商網站」，隨便找幾個有最多款顏色可以挑的商品，有些甚至多達二十四色可選，看看它們是怎麼爲色彩命名。

我隨便找了幾個，像是：湖水藍、麻花黑、海軍藍、軍綠、芥黃、藕粉、駝紅、米白、膚白……一海票都是這個邏輯組成：

名詞＋顏色＝新顏色

有時我看到一些商品配色寫著：酷灰、帥紅、勁白……都會讓我瞬間愣住，不知道這到底是什麼顏色呀！

學會這招，你就不必老是都寫黃綠紅藍黑白等常見色，你可以寫出新奇的顏色，還容易讓讀者想像，是不是文句就變得生動有趣了一些？

現在，你是不是也躍躍欲試，想創造專屬自己的顏色呢？

造色法訓練

現在做個小練習，請你嘗試留言給我，世界上還有什麼青呢？除了常聽到的藏青之外，你還可以創造出什麼新的青色呢？

除了跟我分享你的獨創色之外，網頁上我還會請一位文壇大神親身示範給你看喔！

掃描QR碼或輸入網址，與我分享你的練習內容！
https://www.rocknovels.com/wt30.html

活物法：稿紙拓印了我，留住了片刻的哀愁

要形容一個人很會詭辯，我們常說：「死的也能被他說成活的！」這句話雖然帶有一些些貶義，但對於寫作者來說，我覺得可是大大的好事。

在〈視角力〉中，我們有提過可以嘗試用「物品視角」來寫同一個事件，本篇技法中我們雖然沒有要寫事件，而是要靠將物品寫活，讓句子也變得靈活。

死物取神法

我聽過一個小學老師在活動時問學生：「我們要像火車一樣怎麼樣呢？」這時學生就會回答：「我們要像火車一樣準時」「我們要像火車一樣勇往直前」「我們要像火車一樣走遍各地」等答案。

先不論現實的火車準不準時，這個方法，是要讓學生**從物品中取其「神」來發揮**，這其實已經是擬人法練習的一種。

再比如「金魚」的真實回饋，學生會回答：「我們要像金魚一樣健忘，忘掉不開心的事」「我們要像金魚一樣瞪大眼，看清楚這世界」「我們要像金魚一樣外表美麗，哪怕沒有大腦」……

好，我知道最後一句的價值有點怪怪的，但最少透過這個練習，可以先讓你發想揣摩出物品的各項特質，這不也是我們在〈象徵法〉與〈情景法〉有提到的要素嗎？

死物當人法

延續著擬人的練習，我們還可以玩另一招，將你任何有提到物品的句子重新改組，讓「受詞」變成「主詞」玩玩看：

我趕不上火車——火車「拋」下了我
我喝下一口烈酒——烈酒「跳」下我的喉嚨
我幫家人拍了張照片——照片將我的家人「封存」

這也是從小學過的擬人修辭，只是我們出學校後太少使用，漸漸不太靈活了，這個小練習可以讓你重新熟練起來。

只要選一句你原本的句子，將它的受詞物品移到開頭，再故意使用人類的動作改寫，枯燥的句子瞬間就變得活潑起來！

最後，我們還可以嘗試將「取神」與「當人」兩招合併使用：

火車拋下了我，從此也教會了我準時的道理。

烈酒跳下我的喉嚨，暫時燒毀了我的傷心回憶。

一方面讓語句靈活，一方面又能展現物品的精神、寓意、特點，是不是簡簡單單就讓你的文筆情趣倍增呢！

許多人都在苦惱怎麼增進文筆，老實說，從小我們學過的國文教育，已經有太多足以讓我們寫出美句的技巧，只要回頭溫習一下從小學過的修辭法，轉化、轉品、映襯、類疊、誇飾、譬喻等，你一定會發現那些早就握在手中的武器！

溫故而知新雖然是一句老話，但也是一句真話。

活物法練習

請你做三段式小練習：

第一，取神：任選一個物品，寫出我們應該像它一樣怎樣呢？

第二，當人：任選一個物品，以它當主詞，並做出人的動作來造句。

第三，合併：試著找出一項物品，你可以用它當主詞開頭擬人，並還能接續出它的精神、寓意、特點。

如果一時想不到怎麼合併，有可能是物品本身難度較高，可以多換幾個物品試試看喔！

現實生活中，還有一種文體會大量使用活物法，答案一樣放在網頁上囉！

掃描QR碼或輸入網址，與我分享你的練習內容！
https://www.rocknovels.com/wt31.html

變動法：將你的憂傷碾碎成文字

常聽到很多朋友焦慮自己文筆不好，於是爲了補強文筆，便開始找些能增進寫作詞彙的工具書來死嗑。

但是請你想一想，能用較爲冷僻的詞彙、成語或典故，就會讓讀者覺得你文筆很好嗎？

請把自己當成讀者模擬一下，假如你在閱讀的過程中，讀到了不懂意思的詞彙、成語或典故，這時候你會怎麼做呢？

一、你會跳出閱讀的過程，上網查一下意思。

二、你先不理它，抱著疑惑的心，繼續往下讀，嘗試從上下文猜出它的意思。

不管你怎麼選，你的閱讀體驗都被破壞了，**沒有人喜歡讀到一半被卡住的感覺**，所以我總是會提醒我的學員，與其追求冷僻的用法，不如將我們人人都懂的字詞，用得很靈活。

一個動詞大不同

整個台北市都快被我翻掉了。

這是新上任台北市長不久後，柯文哲說過的話。上面的字你肯定每個都很常見吧？但有趣的是他用的動詞是「翻」。

又不是大地震，台北市怎麼有辦法被翻掉呢？他的意思應該是「台北市被他大大整頓了一番」，但他用了「翻」這個字，人員雞飛狗跳的感覺更強了，句子的動態感就突顯了。

回到生活上的例子，還在讀書的時候，我在家裡打著電腦，但這時候媽媽突然探頭說了一句：

「怎麼還在玩，你不是吵著要去洗澡？」

有注意到嗎？媽媽的動詞用的是「吵」，一般應該會是「你不是『說』要去洗澡。」

用「吵」代替了「說」，兒子的不成熟、任性感是不是就增強了？

由此可以得出一個重點，說話有趣或文筆生動的原因，往往就在「動詞」用得精妙，給人一種「啊！沒想到可以這樣用」的驚喜，但卻不失貼切。

從專業借術語

變換動詞我有一個小訣竅，那就是**向專業借術語**。

首先必須尋找一份專業領域，了解它的工作內容，記錄它有什麼專屬動作，有了這一份動作表，你就可以玩一下變動法。

我先以「出版業」爲例，紙本要裝成一本書，有個詞叫「封裝」，這時你可以這樣用：

「將你的人生封裝成故事。」

比起直白的說：「寫下你的人生故事。」前者明顯有意思多了。

又或者以「醫學」爲例，有個詞叫「解剖」，你可以說：

「我解剖了我們一路的感情。」

本來用在屍體上的詞，移到了感情上，是不是也暗示兩人感情已經死亡，增添了哀傷呢？

再來以「槍械」爲例，有個動作叫「上膛」，指的是將子彈送進槍膛，馬上就可以擊發了，你可以說：

「我的憤怒已經上膛。」

比起：「我已經氣得受不了，想打人了。」前者是不是更有趣，而且使用槍械的詞彙，更有暗示戰事一觸即發的兇悍感？

只要你從現在起，留心有趣句子的動詞怎麼運用，並且跨界蒐集動詞，再加上刻意變換動詞，你一定也可以輕鬆掌握變動法喔！

變動法訓練

以下三句原始句子，請你跨界使用動詞改寫：

1. 你一直「牢記」在我心裡。
2. 我想「留下」我們的美好回憶。
3. 你話裡的難堪將我「沉默」。

快上網留下你的答案，在網頁也有我的參考答案喔！

掃描QR碼或輸入網址，與我分享你的練習內容！
https://www.rocknovels.com/wt32.html

恢宏法：妙筆震宇，運字崩雲；匠心獨具，勤寫無敵

在教文案的時候，有的學員會問：「怎麼把文案寫得氣勢磅礡呢？」作法說穿了不值錢，但心法比作法更重要。今天你想要氣勢磅礡，要是明天你想要溫柔婉約，你是不是又要再問一次？後天你想要詭異陰森，是不是也要問一次？

求人不如求己，只要平時有蒐集優秀的作品觀摩，嘗試找出同風格作品的相同之處，像慣用詞、長短句、句型文法、人稱、語調、抽象或具體等，其實答案就會出現囉！

以氣勢磅礡爲例，請你先想想有什麼商品總要氣勢磅礡呢？通常是高單價的商品，像是房地產、中高價位汽車、男用精品吧？

那我們就來看幾個房地產廣告的眞實範例吧！

解析風格作品

一、建案名稱：新美○／130坪　天宇山嵐／群山爲界　胸懷爲景

二、建案名稱：國○Park／以竹爲牆　自然無界／千疊雲海　輝煌工藝

三、建案名稱：世界○／大地蘊育／山海雄心／雲端泳際／萬中選一

四、建案名稱：○海大院／豐盈似海　簡練如詩／心寬海闊　王者巨擘

相信我只舉四個例子，已經讓你很有感覺了，以上都是眞實的內容，你可以回憶在電視、傳單、路邊廣告、廣播裡看到聽到的內容，是否也都是一貫的風格，很少有例外呢？

現在請你告訴我，你從前面四個案例找到了什麼共通之處？

它們是不是很愛用大自然的字詞，當然多是巨大的事物，像是：天、宇、山、嵐、雲、地、海。

其次愛用像是勝利者光輝偉大的字詞，像是：雄心、胸懷、輝煌、豐盈、王者、巨擘。

它們也很愛用表達數值很多很大的字詞，像是：群、無界、千、萬。

最後，在唸起來的節奏上，多會使用四字短句，相似的結構，像是：「群山為界　胸懷為景」「豐盈似海　簡練如詩」。

有時也會押個韻，像：「育、心、際、一」與「闊、擘」。

當找出這樣的大致通則，我們就來試玩一下吧！

再模仿風格作品

以下是洛克建築公司傾情打造的最新建案：

星宇鋼構、天霞制震！氣蓋萬峰、名傳千秋！山海合一、王者雄心！

哇，感覺好厲害啊！雖然不知道到底賣什麼鬼，但光看字面還有唸出來，想像那個渾厚朗讀的男聲，就覺得八面威風、氣勢磅礴呀！

你可不要覺得我在說笑，以上都是真真實實可以讓文句增強氣勢的方法，不相信的話，請你想一想，在金庸大師《倚天屠龍記》中，那一句人人會背的口訣是怎麼寫的呢？

「武林至尊，寶刀屠龍；號令天下，莫敢不從；倚天不出，誰與爭鋒。」

是否一樣也是這招，四字短句、押韻，再加上高端大氣的詞彙：至尊、龍、天下、莫敢、誰與。

原來這招金庸大師五十幾年前就在用了，我們還不立刻學起來！

這篇除了要讓你知道怎麼寫得恢宏，更希望你能**養成分析風格共通性的習慣**，這樣不管你想嘗試什麼風格，都能快速有七八分樣喔！

最後，來個延伸問題讓你思考，如果我們不要氣勢磅礴的風格了，而是要溫柔婉約的風格，你覺得哪些慣用詞放進去就會乍看有模有樣呢？

給你一個提示，去查查古人形容美人的詩句吧！

恢宏法練習

請你依樣畫葫蘆，嘗試寫一個房地產、高價位汽車或男性精品（例如：手錶）的廣告詞。

試試看，怎麼用上面的技巧讓文案讀起來氣勢磅礴呢？

趕快留言給我分享你的霸氣商品，網頁中還有一系列真實汽車的氣勢文案喔！

掃描QR碼或輸入網址，與我分享你的練習內容！
https://www.rocknovels.com/wt33.html

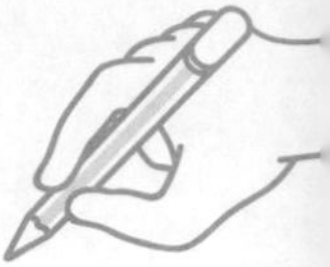

對抗法：寫作之路，雖千萬人吾往矣

上一篇〈恢宏法〉教了如何將文句寫得氣勢十足，但我必須先向你自首，氣勢除了前篇講的技巧外，其實還有一個大絕招！

因爲這絕招太強了，所以必須單獨寫一篇——這招就叫做「對抗法」。

我們先設想兩種情境：

第一、你打算做一件事，你認爲它是正確的事，但這件事卻被人強烈反對，或者被很多人反對，但你還是決定去做。

第二、你打算做一件事，你認爲它是正確的事，但這件事會讓你付出代價，可能是很慘痛的代價，但你還是決定去做。

以上兩種情境，是不是就讓你的形象偉大了起來，**你就像是一個勇士、英**

雄，無懼一切，自帶強大的氣場。

如果你在文句中同樣構建這兩種情境之一，你的文句也會自帶強大的氣場喔！

對抗多數的情境

孟子有句名言：「自反而縮，雖千萬人，吾往矣。」白話意思是：反省自問，只要我是有道理的，就算千萬人阻撓我，我也勇往直前。

「雖千萬人吾往矣」這經典句子常常被引用，不過我們試想一下，如果我們把「千萬人」這段拿掉，改成：只要我是有道理的，我就會勇往直前。雖然意思不變，氣勢卻弱了不少呀。就是非要那種**「以一當千」**的悲壯感，才能襯出句子的氣勢。

偶像劇或言情小說中，常有些讓女粉絲尖叫的金句，像：

- 就算全世界阻止，也無法阻止我愛妳。

- 我背叛了全世界，只爲了面向妳。
- 我可以承受全天下人的責備，但我無法承受妳的一滴眼淚。

是不是讓你覺得超級肉麻，又非常類似呢？這一樣是創造了**「對抗多數」**的情境，打造出的氣勢句！

代價慘痛的情境

剛剛也提到了「付出慘痛的代價」，請你直覺思考，一般人最嚴重的代價是什麼呢？應該就是「生命」了吧！

如果我連生命都不要了，也要做某件事，那這件事一定會顯得格外尊貴，且值得重視吧。

先舉一個廣爲人知的美國革命演說金句：「不自由，毋寧死。」

又或者是匈牙利詩人裴多菲的金句：「生命誠可貴，愛情價更高，若爲自由故，兩者皆可拋。」

《論語》中也有，子曰：「朝聞道，夕死可矣。」

這三句全都是「寧可付出慘痛代價」的情境，比起直接說：「自由最重要，自由是我最大的追求、唯一的追求」，演說家、作家懂得用「生命」來襯托：「我寧可死也要追求自由（追求真理）」，這樣是不是說話者的決心與文句的氣勢就完全不同了呢？

學到了這兩個情境絕招，一些怪怪的句子也能變得很崇高喔！

- 我超越了千萬對手，只爲了搶買一台 iPhone。
- 與其帶我遊遍天下，不如給我 Wi-Fi 密碼。
- 生命再可貴，也比不上五折券。

是不是有種又蠢又厲害的感覺，不管什麼鬼，套上這兩招都會立刻變得偉大吧！你現在是不是手癢想練一下了呢？那就馬上開始吧！

對抗法訓練

請你嘗試造兩三個自己的金句，裡面必須使用「對抗多數」或「寧可付出代價」任一。

可以是情感上的（像是：撩妹金句）、價值觀上（像是：追求自由）、也可以是某商品的推崇。

就算是很好笑的東西，也可以讓它變得很偉大喔！

趕快留言給我你的創意，在網頁還有一系列古今名人的對抗法金句喔！

掃描QR碼或輸入網址，與我分享你的練習內容！
https://www.rocknovels.com/wt34.html

號召法：你不只是在寫作，你是在改變世界

連著〈恢宏法〉與〈對抗法〉，你學會了氣勢文句的訣竅，但是「有氣勢」的文句跟「能讓人行動」的文句，你覺得是一樣的嗎？好像還是有點不同的吧？

如果要讓文句有號召感，可以怎麼做呢？

我們先想想，人爲什麼會行動呢？

先扣除「利益面」不講（例如：買一送十、限時五折等），最能打動人的往往就是情感或價值觀了。而情感也不一定都是好的一面，也有可能是壞的一面。

要讓文句含有能煽動人的情感，我們可以朝「嚴重化」與「崇高化」兩個方向著手。

將結果嚴重化

有一種名爲「滑坡謬誤」的邏輯謬誤，指得是將因果過度的推論。比如老婆跟老公說：「你現在就敢罵我，以後還不殺我嗎？」

這就是「滑坡謬誤」，將事情無限嚴重化的推論。這招可是非常好用的警世型句子寫法，例如：

- 每天多浪費兩度電，就等於殺死一頭北極熊。（提倡節電環保）
- 小心你的一杯酒，就讓一個家庭破碎。（反酒駕）
- 熄掉你手中的菸，讓你的小孩有個爸。（提倡戒菸）
- 好好讀書，長大不用當單身狗。（提倡勤學）

慢著，第四句是不是混入了怪怪的價值觀？先不管它，「嚴重化」這招就是嚇死你、恐嚇你，用了這招，感覺好像不行動就會完蛋了，不行動是罪大惡極、大錯特錯，**召喚讀者的恐懼感與危機意識**，他自然會有更強的行動動機。

但你可能會說，嚇人這招你不喜歡，你不想要危言聳聽。沒關係，除了嚇人之外，我們還可以使用聖光照耀！

將結果崇高化

只要將「嚴重化」反其道而行，恐懼就會變成了偉大。例如：

- 你不是在寫小說，你是在創造一個新的宇宙。
- 支持古蹟維護，守護台灣歷史。
- 每天30元保費，守護全家人的幸福。
- 捐血一袋，救人一命。

有時候看到一些文宣描繪的願景，你會覺得「太誇張了吧！」但不要懷疑，夢想、希望、願景真的是最容易打動人的誘因。

只要讀者心想：我不只是在買一份保險，而是在守護全家人的幸福，我是個偉大的守護者；保費事小、家人事大，這時行動的動力就增強了！

同理，「捐一袋血」可能感覺沒什麼，但只要捐血者腦中描繪的是「他救了一條人命」，這時捐血的行爲就高尚了起來，意願也提升了。

這招就叫做「崇高化」，爲你的行爲打一盞聖光。

學會這一黑一白的兩大手法，以後希望讀者讀完文章、文案、標語後能展開行動，你就知道該怎麼做了吧？

號召法訓練

假設你現在是一個工地的領導人，必須率領一群工人，蓋完一座大教堂，你想要激發工人們的動力，你會怎麼跟他們精神喊話呢？

記得要使用「嚴重化」或「崇高化」這兩招之一喔！

網頁上我會告訴你原始的解答是什麼喔！

掃描QR碼或輸入網址，與我分享你的練習內容！也可以在網頁上看看我的參考寫法喔！
https://www.rocknovels.com/wt35.html

無因法：千萬不要寫作，小心後悔莫及

我先道歉，對不起各位，在〈懸念力〉時，我又藏了一手。

〈懸念力〉我們說可以使用「不尋常」與「危機」來寫第一句，也舉了許多例子，但我沒說完的是：要創造懸念，其實還有一個不用那麼誇張，比較優雅的作法。

懸念就是有果無因

卡夫卡是二十世紀最具影響力的作家之一，他的代表作品《變形記》，第一句是這樣寫的：

「一天早上，格里高爾從床上起來，發現自己變成了一隻大甲蟲。」

這個開頭，任誰都想讀下去，想知道主角爲何變成甲蟲？之後又會如何？

這時你會大喊「慢著」，我剛剛才說不要太誇張，可是這個開頭更誇張啊！我們不可能每篇文章的開頭都用變貓變狗吧！

當然不是，我們要偷走它的運用核心，叫做**「有果無因」**。先把有意思的結果給拋出來，讓讀者看到，但不告訴讀者原因，這時讀者就會好奇，然後到內容中去找答案，也會繼續將文章看下去囉！我們看幾個例子：

- 等一下，我要去跟女朋友談分手。
- 晚上，我要去還我的老闆五十萬。
- 我的媽媽是男的。
- 車子臨停二十分鐘，竟然要花五萬元。
- 就在剛剛，我哭了。

以上都是我把內容其中一段有意思、不尋常的「果」，放置在文章最開頭，而沒有從頭開始娓娓道來，一入眼就要讓讀者想看下去。

搬移創造有果無因

想要使用「有果無因」寫吸睛第一句，還有個小技巧，那就是**「先寫再搬，關鍵留白」**。

什麼意思呢？你可以先將打算要寫的內容寫完後，再回頭從中擷取一個「果」放在開頭。

例如你上網寫了一篇討拍文，想要有人安慰，說你被老闆資遣了，現在不知道該怎麼辦。文章從前因娓娓道來，寫到文末，你的最後幾句可能是：「寫到這，我忍不住哭了出來。」

這時候，你可以將這個有感染力、會引人好奇的「果」往前搬，挪成全文的第一句：「就在剛剛，我哭了。」

勢必會引人好奇你爲什麼哭，進而看完全文原因。有了內容再來思考怎麼調動，把精彩的放前面，會比較容易找到亮點喔！

但將「果」往前「搬」的時候，**關鍵點是切記要「留白」**。

如果你的第一句是寫：「就在剛剛，我因爲請假太多被資遣，我哭了。」這樣就沒有做到「無因」，答案都揭曉了，大家對你的文章也就失去興趣了。

前面有個例句是：「車子臨停二十分鐘，竟然要花五萬元。」就是把關鍵的原因給遮起來留白。

如果寫成：「車子臨停二十分鐘被敲破車窗，維修竟然要花五萬元。」這句話的懸念就死透了，再也飛不起來了。

學會了「有果無因」這個技巧後，再回頭看一下本文的第一句，是不是也是〈無因法〉的運用呢？

無因法練習

文章的標題、文案的標語、內容的第一句／第一段都應該要能勾起懸念。現在請你用上面提到「有果無因法」，創造有吸引力的第一句吧！

你可以將一篇新聞或文章重新下標、改寫第一句，也可以直接虛構幾個有趣的第一句，多發揮你的創意吧！網頁上還能看到我分享的多個真實案例喔！

掃描QR碼或輸入網址，與我分享你的練習內容！
https://www.rocknovels.com/wt36.html

借人法：你就是寫作界的愛因斯坦

怕你還不知道，我必須先坦白，李洛克是我的筆名。

常常有人以爲這是本名，還用李洛克當收件人寄掛號給我，下場當然就是無法簽收，被退件囉！

再來很多人會問起：李洛克這筆名是怎麼來的？

他們如果上網搜索「李洛克」，常常會找到漫畫《火影忍者》的其中一位角色。他其實就是我的筆名起源。

《火影忍者》中的李洛克，他想成爲一位偉大的忍者，但他卻從來沒有忍術的天分，他只好靠勤勞來補足笨拙，他一直深深相信（或說自我催眠），他只要比天才努力十倍，一定可以超越天才的！

李洛克是我最喜歡的角色，在我好幾年前立志寫作的時候，我也不知道自己有沒有天分，也不在乎有沒有天分，因爲我跟李洛克一樣，我也相信，努力是可以超越天才的。

當時，我就在網路上以「小說界的李洛克」爲名開始寫作，這筆名也一直沿用至今。

有趣的是，當有人聽到我叫李洛克的時候，只要他也看過《火影忍者》，就會露出心領神會的表情，彷彿在說：「我懂你。」我的信念已不言而喻。

李洛克既是我的筆名，也是我借來的形象。

在寫作時，如果**要用最短途徑傳達一個濃縮的概念**，借形象是一個超聰明的作法。

向名人借形象

網路上一堆網友開玩笑，會說自己是「板橋金城武」「泰山林書豪」或「嘉義周杰倫」。

這在媒體宣傳或下標時眞的很常見，還記得林志玲正紅的時候，打開新聞，滿街都是林志玲，像是：「外拍林志玲」「警界林志玲」「夜市林志玲」「公務員林志玲」等。

不管到底像不像，都先勾起了讀者的好奇心，比起說她是「夜市大美女」，借形象已經**有了一個熟悉的方向引人遐想**。

所以當你沒有足夠的篇幅，講述某事物的具體細節或者來歷故事，可能你只有一句的空間，這時〈借人法〉就可以派上用場！像是：

- 他是台灣的愛迪生。
- 他是手工藝界的吳寶春。
- 他被譽爲小林書豪。
- 他是現代詩的李白。
- 他是莎士比亞再世。
- 他是現實生活中的柯南。

在一句話的限制下，這招是不是飛快就能有七八分像呢？

向名品借形象

如果你暫時想不到古今中外的名人，沒有關係，它可以是一個概念：

- 這杯酒像是喝下一口搖滾樂。
- 這條豬一定是個健身狂。（當豬肉很好吃時）
- 他是球場上的魔術師。
- 他是自由搏擊界的詩人。

又或者，它也可以是一個知名品牌或商品：

- 它是腳踏車的法拉利。
- 它是甜甜圈界的LV。
- 我們是農業界的NIKE。

是不是非常的有趣呢？比起長篇大論，或者構思一堆形容詞，有時選中一個精準的人事物借形象，能讓溝通快又好懂，省時又好記！

這個小技巧幾乎是無痛上手，你現在腦中應該有超多創意想發揮了吧，讓我們開始練習吧！

借人法訓練

〈借人法〉請你做這兩個練習：

請你想出三個事件或物品定義你自己，像：魔術師、搖滾樂等。

請你想出三個人物定義你自己，可以是古人、明星、外國人、動漫戲劇人物。

最後請你挑選組合一下，告訴我，你是哪裡的什麼呢？要像前面範例的句型喔！

當你要使用〈借人法〉在商品、某人或單位上，也是相同作法，先從你的目標找出其他事物或人物來定義它，再組成相似的句型就完成了！

除了留言給我你的新身分，在網頁上我還會分享這招的黑暗用法喔！

掃描QR碼或輸入網址，與我分享你的練習內容！
https://www.rocknovels.com/wt37.html

翻新法：讀書破萬卷，不如有帥臉

二〇一八年台灣網路界刮起一陣狂風，讓無數社群小編與網友爭相陷入漩渦，史稱「撩妹之亂」。

一張張古人的圖片配上搞笑台詞，讓知名人物全都成了大情聖。

鄭成功說：「誓死不降清，卻只降於妳。」

蔡倫說：「改良多次造紙術，只爲寄一封情書給妳。」

曹操說：「寧可我負天下人，不許天下人負妳。」

接著千奇百怪的撩妹圖都出來了，科學家、皇帝、哲學家、音樂家、藝術家，發展到最後，連動物、商品、細菌都可以撩妹。

能如此風靡萬千網友，到底它的魔力是什麼呢？

微冒犯引人發噱

我曾聽一個段子是這樣說的：唐代的時候，詩仙李白討厭到別人家裡吃飯。為什麼呢？因為主人通常很好客，會不停勸李白多吃一點嘛。口中會不停對李白說：李白吃、李白吃、李白吃、李白吃……怕你還沒看出來，還是解釋一下，「李白吃」其實是「你白癡」的諧音，糟糕，說白了就不好笑了。

這個笑話是怎麼建立的呢？它其實是在玩一招：「**冒犯名人。**」

當我們大眾熟知的偉人、名人、古人、神仙、政治人物或企業家，被拿來開些無傷大雅的玩笑時。民眾會因與平時的偉大形象有落差，產生喜感、忍不住笑出來。

前篇的〈借人法〉能快速創造形象，〈翻新法〉則透過顛覆名人形象或經典名句，添加意外與喜感，更容易被讀者記憶！

改名句增加記憶

電視節目主持人吳宗憲當年總愛隨口亂接：「長江後浪推前浪，前浪死在沙灘上。」

前半句是知名的句子，原本的後半句很少人記得，但被吳宗憲亂接之後，創造了意外同時也壓了韻，不知不覺竟成爲觀眾耳熟能詳的順口溜。

網路上還有很多「前半正確，後半改編」的句子在熱傳：

- 一山不容二虎，除非一公一母。
- 女爲悅己者容，男爲悅己者窮。
- 窮則獨善其身，富則妻妾成群。
- 床前明月光，李白睡得香。舉頭望明月，低頭吃便當。
- 射人先射馬，捉姦要捉雙。

它們都是頭一句知名且正經，而後一句搞笑且意外，讓大眾容易記憶且傳播。千萬不要小看這個技巧，不少引發討論熱烈的商品文案也會使用這個技巧：

• 眾裡尋他千百度，你要幾度就幾度。（自動飲水機文案）

改編南宋詞人辛棄疾的《青玉案．元夕》名句：

眾裡尋他千百度，驀然回首，那人卻在，燈火闌珊處。

• 世界上最遠的距離，是碰了杯卻碰不到心。（酒品文案）

改編香港作家張小嫻小說《荷包裡的單人床》的名句：

世上最遙遠的距離，不是生與死的距離，不是天各一方，而是我就站在你面前，你卻不知道我愛你。

• 無人與我立黃昏，有人問我粥可溫。（多功能小電鍋文案）

改編中國網路熱傳的單身自傷名句：

無人與我立黃昏，無人問我粥可溫。

是不是兼具風雅、趣味與創意呢？一則網路瘋傳的文案就這樣熱騰騰誕生了！下次要構思創意文句的時候，別忘了還有改編這一招。

心理學上有個觀點是，**人會對事物產生有趣或喜歡的感覺，常常是在熟悉之處看到了新的面向**。

也難怪無數創意大師都疾呼：**創意是「舊的」加上「新的」**，這就是〈翻新法〉最大的魔力，踩在巨人的肩膀上，爲自己打造風潮名句吧！

翻新法訓練

以下有幾句我們常聽到的話，你覺得後面可以翻玩些什麼呢？

1. 暴力無法解決問題，＿＿＿＿＿＿＿＿＿＿。
2. 書到用時方恨少，＿＿＿＿＿＿＿＿＿＿。
3. 錢不是萬能的，＿＿＿＿＿＿＿＿＿＿。

以上三句常聽到的話，你可以亂接後句，嘗試讓句型結構相近，或者押韻；甚至可以改寫前半句，只要能看得出原型，保有熟悉感即可。

如果讓改編後，可以套用在某類商品或服務會更好，讓你的創意不只是有趣，還帶有商業價值喔！

想知道這三題可以怎麼改編嗎？那就快到網頁上看範例吧，別忘了順手留下你的答案喔！

掃描QR碼或輸入網址，與我分享你的練習內容！
https://www.rocknovels.com/wt38.html

反諷法：你人太好了，是我配不上你

在一場語言學者的國際論壇上，一位語言學教授在台上發表他的最新研究成果。他說：「在英語中，雙重否定形成了肯定的意思。而在一些語言中，例如俄語，雙重否定卻仍然是負面的意思。」

他頓了頓接著說：「但是，世界上沒有任何一種語言，可以用雙重肯定表達負面的意思。」

說完後，底下的聽眾齊聲說：「喔——，是喔。」

以上雖然是一個考古學等級的笑話，但一說到反諷我就會想到它。

反諷是一種有趣的表達方式，跟幽默相比，反諷多了一些批評，也多了一些迂迴，它會讓文句表面上的意思，跟作者眞正要表達的意思成爲相反，也就是明褒暗貶。

反諷要靠情境

我那時眞是太聰明了。

這個句子，你覺得它是什麼意思？是在說「自己很聰明」嗎？如果不看前文，不知道情境，的確會讀出這樣的意思，但反諷就是套上情境後，會讓語意呈現一百八十度的大逆轉。

這句出自朱自清的《背影》，當年朱自清的爸爸送他上火車，還囑咐車上的服務生照顧朱自清，但朱自清卻暗笑爸爸太過擔心，是個老古板。日後朱自清再回想起這件事，他說：「唉，我現在想想，那時眞是太聰明了。」

這樣來看，朱自清非但不是說自己聰明，而是懊惱自己「自作聰明」。

由此可知，**反諷必須要與情境一同存在**。

反諷要倒著說

反諷這技巧，表示在某情境下卻出現了與當下情境不相符的話，意思離得越遠越好，遠到讓讀者感受到是一種反話。

周星馳的電影九品芝麻官裡就有一段，他明明想責備一位高官見風轉舵，嘴上卻誇獎他：「尚書大人還眞機靈……眞是佩服佩服。」

改用嘲諷的方式，反而讓情境更加有趣，本句也成爲網友吐槽見風轉舵者的名句。

想使用反諷對某項事物作出負面評價時，可以想一想，**如果這個負面的話不能直說，必須改成用極度正面的意思表達，會變成怎麼樣呢？**這就是反諷的思考邏輯。

再來，除了明褒暗貶，那有沒有可能創造**「明貶暗褒」**呢？

頂級汽車品牌勞斯萊斯就玩了一次「明貶暗褒」，它是這樣寫的：

這輛新型勞斯萊斯在時速60英里時，最大的噪音來自於車上的電子鐘。

表面上在說噪音的壞，其實在暗誇自己安靜的好。

瑞典的鐘錶廣告也有類似案例：

本公司在世界各地的維修人員都閒得發慌。

同樣是表面上說維修人員都沒事做，其實就在暗示自己的品質太好。

有時目的不是要責怪，而是要誇獎時，同一招〈反諷法〉的思考邏輯倒過來使用，從優點中來硬講缺點，手法就顯得睿智又幽默。

有句話說：「使你發笑的，是滑稽；使你想一想才笑的，是幽默。」

我們學習迂迴繞著圈表達，就是要創造那一些些的思考時間，讓你的金句從路邊攤升級成米其林。

現在，就讓我們來練習「明褒暗貶」與「明貶暗褒」兩種手法吧！

反諷法訓練

情境思考一：你跟你的情人伴侶正在大吵架，他（她）正罵你很笨、很蠢、很沒用，你正想回嘴反罵他（她），但你忍住了，你想一想不如繞著說好了，你會回他（她）什麼話呢？

小提示:如果能越不傷人、越幽默，才是更好的回覆喔！

情境思考二：你要寫一段保溫瓶的宣傳詞，但必須有點幽默、有點繞著說，你會怎麼寫呢？

小提示：朝著「明明是優點卻硬講成缺點」來思考，答案就呼之欲出囉！

掃描QR碼或輸入網址，與我分享你的練習內容！也可以在網頁上看看我的參考寫法喔！
https://www.rocknovels.com/wt39.html

風格法：寫一百篇沒有答案，那就再來一百吧

你有注意過網紅Youtuber的慣用動作嗎？

有位Youtuber蔡哥總在尷尬冷場的時候，大力拍手轉移注意力；RJ廉傑克曼則會故意把Vlog（生活紀錄影片）講成logV；最知名的應該就是Youtuber聖結石，會比出手槍的手勢，放在自己太陽穴旁，大喊一聲：「Bang！」，這也是他的粉絲最常模仿的動作，連學校老師都知道。

又或者我們來看看許多知名的藝人明星的習慣：

胡瓜因爲多年主持素人競賽節目，形成了：「來，下面一位——」的慣用語；周杰倫早期出道時的口頭禪：「哎呦，不錯喔！」也常被網友模仿；因爲中國說唱節目火紅，歌手吳亦凡常問參賽選手的那句：「你有FreeStyle嗎？」也成爲網路熱門金句。

以上這些他們**獨特的標誌**，無論台詞、動作、聲調、形式，都成爲了風格。

所以我們可以先這樣理解：**風格的本質就是與衆不同**。

寫作風格靠不同

回到寫作上，寫作可以從哪些地方展現你的不同之處呢？

可以是詞彙的選用，可能你使用動詞比例比別人高、可能你使用的動詞常常比別人冷僻、可能你使用的動詞常常融入轉化修辭；

可以是文句的結構，可能你常使用倒裝句、可能你常用長句或短句、可能你常常單行成段或一段寫得超長；

可以是題材、視角或者筆調，可能你總愛寫童話恐怖故事、可能你習慣從社會最底層的人物看事情、可能你的寫法總是帶有一種嘲諷喜感。

這麼多的面向，都可能讓你一點一點漸漸與他人不同。

所以，希望寫作有自我風格，請先問問你自己，**你的作品與他人有什麼不同呢？如何能被一眼識別呢？**

這可能是一個寫作者需要終生探索的問題，**你與他人的不同？你與古往今來每一位寫作者相比有何不同？**

探索到最後，你也許會發現，這個問題最後指向的其實是：**我這一生能創造什麼前所未有的？我這一生寫作的意義是什麼？**

寫作風格靠穩定

但難道只要「求異」就能有風格嗎？

絕對不是的，風格需要不同，但不能只是不同，還要再加上穩定。

你不是「一次性」的使用動詞比例比別人高，而是「每一次」都比別人高，成爲一個你的習慣。

你可以這樣理解：**風格，就是你與他人穩定的不同**。

想一想那些網紅、明星或名人，他們能夠被模仿，表示他們有一個「標誌行爲」，而他們已經將那個「標誌行爲」重複了十幾次、幾十次、上百次。

讓這「標誌行爲」足以被記憶、足以被識別、足以被仿效。

當世界上有第二個人也開始不斷重複：「哎呦，不錯喔！」他只會被當成是風格的模仿者，而不是獨創者。

簡單來說，你要做的就是找出（或創造出）自己在寫作上的唯一，你不像任何人，你就只是你自己。

接著，請把這個差異，盡你所能地重複、重複再重複，直到你的唯一被讀者記憶與識別。

這，就是形成風格的唯一途徑。

全書講的諸般技巧，也許就能成爲你風格的武器之一。

你當然可以走**策略路線**，先制訂好一個你的差異點，像是狂用短句、狂用動詞等，然後實踐在你的作品中，每一篇都呈現一次你的特點。

你也可以走**體驗路線**，透過一次一次的寫作，大量累積經驗，讓作品自然而然因爲你獨有的人生經歷，長出獨特的樣貌。

不管你怎麼走，**刻意嘗試搭配大量寫作都是形成風格的路上，無法避免的彎路**。

麥可．喬丹不會因爲投進一記好球就成爲籃球之神；張學友不會因爲唱好一次歌曲就被尊稱爲歌神。

只有一球又一球、一首又一首，才會被人肯定你累積的成果。

寫作也是一樣。自我風格無法靠一次練習、一篇文章就成形，所以本篇雖然沒有練習的章節，卻也是最需要練習的章節。

寫好一篇、再下一篇、然後又一篇，一直這麼寫下去。

希望持續寫作的你，有一天驀然回首發現：「啊！原來這就是我的風格！」

後記

寫作，已是你一生在做的事

感謝你讀完全書。

在寫書閉關時，我總是在想，這本書能爲讀者帶來什麼幫助呢？世界上眞的缺一本這樣的書嗎？這個問題形成了心魔，讓我幾度無以爲繼，停筆許久。

期間，我到了北部某間大學指導大學生說故事，兩天的課程，一路談了理性邏輯思辨到感性渲染說服。

在活動結束前的最後一個中場休息時間，一位大四的女同學來跟我說：

「老師，謝謝，你這兩天有一句話，打開了我的心結。」

她說，她從小到大一直是個過度敏感的人，她的爸媽、老師總是容易說她「想太多」，而她也覺得困擾，有些時候，她在意的點就是會跟同學們不一樣，大家都覺得她有點怪。

到最後，連她自己都懷疑自己是不是怪怪的？是不是應該改變一下自己？

但她說，我在課上有一句話打通了她的心結，那句話是：

「我們學習邏輯思辨，不是為了駁倒別人、或讓別人遵照我們的意思。而是要建立自己穩固的價值觀，可以妥善地應對這個複雜的世界。」

這段話讓她知道，只要自己的內心夠強大，就不會被他人的看法給吹跑，而是能優雅地面對自己的不同。

我，就是我。

老實說，當她說出這段話的時候，我心中愣了一下。

因為這段話在我預設的課程中，其實並不是太大的重點，只是我教完「觀點反駁」後，銜接下一段內容的過場詞，如果這兩天的課程，我自己排列一個金句榜，這句話完全不會在榜上。

但對她來說，卻是她兩天課程的第一名金句、是解開她心結的金句、是改變她人生的金句。

那天搭捷運回家的途中，明明是我握住車廂裡的金屬握桿，但我的掌心卻能感受到桿子回饋的溫度。

到底，是誰溫暖了誰？

終於，我可以將這本書好好寫完。

我無心的一句話，解開了她的心結；她無心的一句話，解開了我的心結。只要想到，這本書的某一個章節、某一段文字，也許也能解開世界上某個人寫作上、生活上的心結，我就有了源源不絕的寫作動力。

原來，除了自我目標的完成。更能激勵我的，還是對這世界的正念投注，並期待多年之後能遙遙傳來回聲。

雖然這是一本寫作工具書，但我早已在書中自首，承認每一篇作品都會夾帶作者的觀點。

寫作不過是思想的凝固，本書也是我價值觀的凝固。

不止是文字內容，包含呈現形式都在運作著我的期望。

我更想要做到的是，透過本書的大量練習，甚至線上討論，讓你能保持持續寫作的習慣。

對我來說，每人都早已經在寫作了，想避也避不掉。

只要你好好活著，大腦正常地運作，能感受世間的悲歡怒懼，有思緒在你腦中流動，你就已經在寫作了，只差你沒有謄寫在稿紙上罷了。

既然如此，不管你想不想都已經寫在腦子裡了，你何不跟我一樣，選擇眞的寫下來，讓飄蕩的思緒能有保存的機會呢？

我一直認爲，**人的每一個經歷必然都有其意義；而撰寫它、記錄它，就是將它所蘊含的意義磨亮拋光。**

保持寫作、保持留住你的思想，某年某月的某一天回顧，哪怕是隻字片語，你一定會感激過去那個願意寫下來的自己。

寫作，就是對這世界的正念投注。
我的朋友，請你相信，多年之後它必將遙遙傳來回聲。

國家圖書館出版品預行編目資料

寫作革命：散文、小說、文案、社群貼文輕鬆進階的40道練習題／李洛克 著. -- 初版 -- 臺北市：如何，2019.1
256面；14.8×20.8公分 --（Happy Learning；174）
ISBN 978-986-136-525-1（平裝）

1. 寫作法

811.1　　107020776

Eurasian Publishing Group
圓神出版事業機構
用心與你對話．視野無限寬廣
如何出版社
Solutions Publishing

www.booklife.com.tw　　reader@mail.eurasian.com.tw

Happy Learning 174

寫作革命——散文、小說、文案、社群貼文輕鬆進階的40道練習題

作　　者／李洛克
發 行 人／簡志忠
出 版 者／如何出版社有限公司
地　　址／台北市南京東路四段50號6樓之1
電　　話／（02）2579-6600．2579-8800．2570-3939
傳　　真／（02）2579-0338．2577-3220．2570-3636
總 編 輯／陳秋月
主　　編／柳怡如
專案企畫／沈蕙婷
責任編輯／丁予涵
校　　對／李洛克．柳怡如．丁予涵
美術編輯／潘大智
行銷企畫／詹怡慧．林雅雯
印務統籌／劉鳳剛．高榮祥
監　　印／高榮祥
排　　版／杜易蓉
經 銷 商／叩應股份有限公司
郵撥帳號／ 18707239
法律顧問／圓神出版事業機構法律顧問　蕭雄淋律師
印　　刷／祥峯印刷廠
2019年1月　初版
2022年9月　9刷

定價290元　　ISBN 978-986-136-525-1